①

# 怖い人いますよね。

本当に簡単な理由で簡単に人が殺されてしまう時代になりました。

敗戦以来、平和を追求してきた結果がこれですから、こんなことなら団塊のおとうさん方も高度経済成長だとか言って、あんなにがんばることはなかったんじゃないでしょうか？　そこそこ働いてのんびり暮らして、そこそこみんな貧乏で、そこそこ物が無くて、でも無いは無いなりに、みんな無いんだからしょうがないよ……みたいな感じで牧歌的に暮らしていたほうが正解だったのかもしれませんね。

ある犯罪者に対する統計によると、ひとりを手にかける間に彼らはおよそその三十倍の人間を実際の標的として狙《ねら》っているそうです。

で、いざという時になって邪魔者が現れたり、本人がタクシーに乗ってしまったりして襲うことができなかったと……。つまり、あなたがこうして本を読んでいるあいだにも、あなたを狙っている人間がいるのかもしれないということなんです。

また以前は加害者というのは怨恨《えんこん》や利害関係のある他人だったことが多かっ

たのですが、昨今では加害者が下手をすれば家のなかに一緒に住んでいたり、隣に寝ていたりする場合も振り返ればあったりして、そこも気が抜けないのですね。

この本はそんなこんなの【怖い目】に遭った人々の体験談を聞き書きさせてもらったものです。以前は同じ角川春樹事務所から『つきあってはいけない』『ふりむいてはいけない』『ゆるしてはいけない』と『〜いけない』シリーズとして、ポップティーンに掲載された物に書き下ろし部分を加えて出版していましたが、『〜いけない』のタネが尽きてしまいましたので、ここはシンプルに『怖い人』でシリーズにしましょうということになりました。ですので、基本的なフォーマットは前述した作品と同じであります。

さて、あなたは怖い目に遭ったことはありますか?

まだ無いとすればおめでとうございますといいたいところですが、却《かえ》って心配になってしまいます。きっとあなたは日々の暮らしの中で、暗い妄想に引き寄せられた人々がどのように暮らしているかとか、そして時には隣に立っているかもしれないなど想像したこともないと思うからです。

ベッドの下はいうに及ばず、押し入れ、クローゼット、ユニットバスの天井、そしてベランダ……侵入し、帰宅を待ち伏せようとすれば、好都合な場所は枚挙にいとまがありません。

おまけにエレベーター。深夜、帰宅して【故障中】の札がかかっていたらどうしますか？

『緊急点検中です。人がいます、絶対にボタンを押さないでください』

とあったら。

九階、十階まで外階段を行く？

その時、背後から迫ってくる足音を聞いたらどうしますか？

実際、このような目に遭った女性はとっさに近くの階のドアから建物のなかに逃げ込もうとしましたが無理でした。鍵《かぎ》がかかっていたのです。つまり男は事前に全《すべ》ての階のドアをロックして、彼女が昇り始めたのを確かめてから行動を起こしたのです。

こうしたことに対して予備情報を仕入れておくのは、とても重要です。

しかも、それで一夜の憂さが晴れるようなゾッとした一瞬がもてれば一挙両得です。

今回も地獄の進行を陰で支えてくださった担当編集の中津君にはお礼を申し上げます。それと印刷会社のみなさま、次からは大丈夫です。六月がこんなに恐ろしいとは思いませんでした。

というわけで是非、ご一読いただき、また来年、ご無事でお逢《あ》いできますように……。

平山夢明

目次

本文写真　藤森信一

# 恋心

タエコがおかしくなったのはミツルにフラれてからだった。ミツルは勝手な男だった。バンドでプロデビューなどと言ってたが実質、活動はせずメンバーもナンパ目的のような人間ばかりだった。

「女関係もひどくて……。お金もけっこう貸してたらしいのよ」

ミツルは女に呆《あき》れられ、捨てられると必ずタエコの元に帰ってきた。そして傷が癒され、元気になるとまた別の女の元へと出かけていく。

周囲は別れてしまえと散々言ったのだが、タエコは「うんうん」とうなずくだけで、ミツルと本気で別れようとはしなかった。ところがある時、ミツルの彼女に子供ができた。ミツルはタエコに別れを切り出した。相手とは結婚するつもりだと軽い感じで言い放った。

「もう帰ってこないの?」

「ああ」ミツルは冷たく答えた。

それからタエコは嘆き悲しみ、壊れた。風呂にも入らず身だしなみにも気をつかわなくなった。

心配してやってきた友達も部屋の隅に洗面器があり、そこへ小便が溜めてあるのを見て驚いて引き上げていった。

「で、小学校時代から知り合いだったわたしが行ったの」

チエがアパートの部屋に入るとなかは生ゴミの腐敗臭が鼻を突いた。

「タエコ?」

カーテンが閉め切られた暗い室内を覗《のぞ》くと鏡の前に太った女がいた。

「タエコ?」

声をかけたが振り向く気配がない。

そのまま近づくと髪を振り乱したまま血の付いたカッターをいじくっている女をみた。顎《あご》からよだれが糸を引き、膝《ひざ》に垂れていた。周囲には紙切れが散乱していた。ミツルの笑っている写真だった。

タエコの腕にはいくつもの切り傷があった。すべてが新しくまだ血が出ていた。

「帰ってくる……かえってくる」

呪文《じゅもん》のようにタエコはそう呟《つぶや》くと傷口を開き、その赤身のようになったなかへミツルの写真を差し込んだ。

「タエコ……」

チエの声に、ようやく顔をあげた。

ずたずたになった顔のあちこちからミツルの破片が覗いていた。

「タエコは先に顔にやったんです」

埋めた写真の角が顔じゅうに尖《とん》がり、タエコはハリセンボンのようだった。

彼女はにやりとチエに笑いかけた。

「ミツルの心はわたしと繋《つな》がったよ」

チエは黙ってうなずくと部屋を出て、地方に住むタエコの両親に電話をかけた。その後、どうなったのかは知らない。

# 監禁マスク

マリは六本木でホステスをしていたのだが、その頃、ある客からマンションを貰《もら》ったことがある。

「貰ったっていっても住んでいいよって鍵《かぎ》を貰っただけなんだけどね」

物件は年数が経《た》っているにしては手入れが行き届いていて清潔だった。それになにより、窓から東京タワーが触れそうなくらい近くに見えるのが嬉《うれ》しかった。

「わたし実家が埼玉だから。やっぱり東京タワーって、ある種の象徴じゃない。なんかいよいよ上り詰めてきたっていう感じがして舞い上がったわよね」

その客と特別な関係はなかった。

「政治家の息子なのよ。で、おとうさんが買ってたマンションらしいのね」

本人はおとなしくて、人の目を見て話をしないようなタイプだったが、だからといって臆病《おくびょう》というわけでもなかった。

「なんか空気が読めない暗さなのよね。だから、わたしも店に来たってさほどマジでサービスしてるつもりはなかったんだけど……」

なぜかやたらとプレゼント攻勢をかけてくる。

「わたしも貰える物なら貰っとけっていう感じで、来る物は拒まなかったの」

服はもちろんのこと時計、ネックレス、指輪、バッグ……。

「一回、訊《き》いたことがあったんですよ。なんでこんなにしてくれるのかって」

相手は、第一印象が良かったから……と言うだけだった。

好きにすれば、という感じだった。

総額で一千万近くはプレゼントされた。

そして極めつけにそのマンションの鍵を渡された。

「で、すぐに引っ越すのもなんだったんで、ゆっくりね」

最初は帰りが遅くなったときの避難用に使い、

「徐々に自分の荷物を置くようにして……本格的に引っ越したのは、なんだかんだ言って二ヶ月ぐらい経ってからじゃないかしら」

で、ある夜、寝ていると体に何かがのしかかってきた。

驚いて起き上がろうとすると、首筋に冷たい物が触れた。

「変なパーティー用のお面をかぶった男が、わたしの首にナイフを当てていたんです」

男は静かに横になっていろと低い声で呟いた。

そして掛け布団を剝《は》ぐと、彼女の両手足をベッドの端にあるバーに手錠で固定し、次にビデオカメラを取り出したのだという。

「三脚にカメラを固定して、何度か調整してました」

そして準備を終えると、男は彼女に目を閉じているようにと告げた。

「絶対に開けちゃいけないって……開けたら目をほじくらなくちゃならなくなるって……」

彼女は言われるままにした。

すると唇の上に何かひんやりとするものが塗られていくのを感じた。

続いて鼻にも同じような感覚が……。

と、突然、鼻を強くぎゅっと摘《つま》まれた。

驚いて悲鳴をあげようとしたが声にならなかった。

自分の耳にはくぐもった声だけが届いたという。

「口が開かないんです、全然」

喚《わめ》こうとしたが、唇が文字通り貼《は》り付いていて声にならなかった。

急に肺が焼けるように痛んだ。鼻の奥が疼《うず》き、体がバウンドした。

「鼻が塞《ふさ》がれて息ができなかったんです」

たまりかねて目を開けると、男の手には瞬間接着剤が握られていた。

鼻と口が塞がれている！

既に酸素はなく、剝がそうにも手が使えなかった。

死にものぐるいで暴れたが、自由にはならなかった。

脳が酸素を求め沸騰した。

男はじっとカメラを覗《のぞ》いていた。

何十回、何百回も体をくねらせ、なんとか自由になろうとした気がする。

涙で視界がぼやけた。

激しく首を振りすぎて激痛が走った。

さらに叫んだ。

無理矢理、引きはがそうと口を開けたが、よほど強力に接着しているのか、びくともしなかった。

それは突然、やってきた。

「なんかスイッチでも切ったような感じで……」

ふわっと幕がかけられるように目の前が真っ暗になった。

彼女は失神したのだ。


「気がつくと寝てたんです」

彼女は全裸でベッドにいた。

驚いて身を起こすと腹や胸が汚れている。

卑猥《ひわい》な言葉が書き付けられていた。

その日、彼女は自分の部屋に戻った。

「まだ完全に解約してなかったんで、良かったです」

警察には言わなかったという。

「事情聴取が終わるまで、ずっとあの字を書かれたままでいなけりゃいけないのが厭《いや》だったし、もう本当に疲れ切っていたから、ごちゃごちゃと面倒なことをするよりも安全なところで休みたかったんです……」

もちろん、鍵は返した。

その客は一瞬、驚いたような顔をしてみせたが、芝居臭かったという。

マリはそれからすぐにホステス稼業から足を洗った。

# 怖い人

「とても優しい感じの人で、この人となら嫁姑《よめしゅうとめ》問題なんか起きないんだろうなぁって思いましたね」

　初山さんは初めて婚約した時の話をしてくれた。

「彼の家は田舎の旧家だったんですけれど、青山に3LDKのマンションをもっていて、あちらのご両親は好きな時に上京しては泊まっていたんですよね。だから実際は埼玉に住んでるわたしなんかよりも、ずっとトレンドに詳しくって……」

　彼に紹介して貰《もら》ってからは、なにかにつけ食事や買い物に付き合うことが多くなった。

「別に厭《いや》じゃなかったですよ。趣味もセンスも良いし、気も使ってくれる。それに……」

　あまり実母との関係が良くなかった初山さんにとって、義母となる人は理想の母親に見えた。

「怒るっていうことがあるのかっていうぐらい、おっとりした優しい人でね」

なんでも言うのよ、我慢しちゃだめよ、が口癖で、何かにつけ彼女のことを理解しようとしてくれていた。

「で、おとうさんになる人が割と頑固な人で……」

昔気質《かたぎ》というのだろうか？　あまり若い女性と接するのが苦手という感じがした。

「でも、年取った男の人はそれぐらいのほうが自然だと思ってたんですよね」

ある日、おかあさんと銀座のデパートで釜飯《かまめし》を食べていた。

すると、「昔は大変だったのよ……」ぽつりとおかあさんが珍しくこぼしたのだという。

「あの人、いまは落ち着いているけれど。もう酒に博打《ばくち》に女性関係。わたしは本当に苦労したの。毎日毎日、生き地獄のようで……」

「そうだったんですか……わかりませんでした」

「いまはすっかり枯れてしまったからよ。何度、死のうと思ったかしれやしないの……。でもね、どんな苦しみも我慢していれば必ず楽しい時が来るわ。それだけはわたし、はっきりあなたに言える」

おかあさんの笑みを受け、初山さんは「はい」と頷《うなず》いた。

「ところがそれから暫《しばら》くすると、おとうさんの容態がおかしくなったの」

妙な咳《せき》が続くなと思っていたら、末期癌《がん》だったという。

「既に余命が三ヶ月あるかないかで……」

結婚を早めようかという話も出たのだが、披露宴まで持つまいという医者の意見だった。

「とにかく式場は見つからないし、慌てて人を呼ぶのは逆に失礼だというおとうさん自身の意見もあって」

結婚は予定通りに進めることにした。

「それからひと月ぐらいして、おとうさんは亡くなったんです」


通夜の晩、初山さんもいろいろとお手伝いをしていたという。

「大きな屋敷なんでお手伝いの人もたくさん来ていて、足手まといにならないか不安だったんだけど……」

なんとかこなしていた。

「わたしのイメージとしては田舎の通夜は、文字通り夜通し、親戚《しんせき》が遺体の側《そば》で語り合うっていうものだと思っていたんだけど……」

案に反し、遺体のある部屋からは夜も更けると人は出払ってしまい、別室で過ごすようになっていた。

「で、遺体の安置してある離れの部屋には、おかあさんと息子である彼だけが出入りしていたのね」

そうこうしているうちに一段落した時には既に午前一時近くになっていた。

初山さんはみなと同じ部屋で休んでいたのだが、ふと気になって離れを窺《うかが》うことにした。

「長い廊下を進んで行くと、ぼそぼそ話し声が聞こえたんです」

すぐにそれがおかあさんのものだとわかったという。

「ただ、他の人の声がしなかったんですよね」

彼女は部屋の前に立つと「失礼します」と言って障子を開けた。

愕然《がくぜん》とした。

部屋には遺体とおかあさんだけしかいなかった。

「おかあさん、おとうさんの上に座っていたんです」

おかあさんは喪服のまま、おとうさんの顔の上に座っていた。

「せいせいしたよ。おまえが死んで。ほんっとにうれしい……。おまえがいつ死ぬのかいつ死ぬのか。それだけを楽しみに。楽しみにして生きてきたんだもの……」

おかあさんは虚《うつ》ろな目をしながら、宙に向かって呟《つぶや》き続けていた。

「もう、なかには入れなかったですね。障子も少し開けただけだから……」

おかあさんは、うんうんと頷くような素振りをすると、手を勢いよく振り下ろした。火箸《ひばし》が握られていた。

「それがおとうさんの体にぶすっと刺さったんです」

あっははは……。

おかあさんが笑った途端、初山さんは障子を閉めた。

小一時間ほどすると、おかあさんが彼と一緒にみなのいる部屋に入ってきた。

初山さんはおかあさんの目を見ることができなかったという。

帰京して二ヶ月後、彼女は婚約を解消した。

「なんか、いまでも結婚のことを考えると、あの夜の光景が浮かんできちゃうんで……」

いまのところ結婚願望はないと彼女は言った。

# わたしのあかちゃん

チカとお姉さんはチカが高校を卒業し、就職すると実家を出て2DKのアパートで一緒に住むことにした。

その頃、お姉さんに彼ができた。

「友だちに合コンで紹介されたんだって。はっきりいって男のほうは遊びっぽかった。アネキは目一杯のめり込んでた」

ヤバイなとチカは思った。

「ていうのも、うちのアネキは男に対して免疫ができてないから」

お姉さんが幸せそうに見えたのも、ほんの三ヶ月程度に過ぎなかった。

「春に出会って、つきあって、夏には終わってたもの。簡単だよね、すぐにポイ」

なんとなく様子が変になってきたのはその辺りからだった。

「まずつわりみたいに吐くようになって、なんかダルそうにしてたから。絶対、医者に行ったほうが良いって言ったの」

チカの言葉にお姉さんは医者に行き「妊娠したみたい」と告げた。

「どうするの？　って聞いたらわからないって。でも相手の男なんかもう全然、愛情なんかないはずだし。ダメだよ、おねえちゃんひとりじゃ育てらんないよって言ったら、そうだよねって」

チカは両親……母親にだけでも話しておいたほうが良いのではないかと思ったが、姉が「ふたりで話し合うから黙ってて欲しい」というので言い出せずにいた。

姉は何度もカレと電話で話をしていた。時には口論になることもあった。

「それでも最終的には産んで欲しいみたいなことを言われるっていうのよ。え？　それってやり直すっていうこと？　ってわたしが聞くと、ハッキリしないっていうし……わけわかんない」

姉は悩んでいるようだった。しかし、決断の時期は迫っていた。

ある日、チカは姉の携帯からカレの電話番号を見つけ、連絡してみた。

彼女の話を聞くとカレは暗い声で「会って説明する」とだけ告げた。

待ち合わせのファミレスに行くとぼさぼさ頭の男が待っていた。

「なんかヤバくねぇ？」

自己紹介の後、開口一番男は言った。

「なに？　どういうこと？」

「だって、俺、なんにもしてねえもん。キスだって二回しただけだぜ。できてたって俺の子じゃねえよ」

「だけど、なんかいろいろふたりで話し合ってるじゃん」

「一、二回、子供ができたとかいう変な電話をかけてきたから俺、そっからは完全無視して電話でねえし。芝居してんじゃねえの」

カレの話によると別れてすぐ、妊娠した、もう一度付き合って欲しいと言われ、こいつ、ヤバイと思ったのだという。

チカにはわけがわからなかった。

その夜、姉はまた携帯でカレと話し合っているようだった。

「まだはっきりしないの。困った人だと思わない？」

電話を終えた姉は部屋に入ってきたチカにそう言った。

「おねえちゃん、その電話って○○さんにしてるんだよね。あたし、今日、会ってきたけど。電話なんかしてないって、そんな話もしてないって……」

チカはカレとの話をぜんぶ説明した。

姉はそれを黙って聞き、終わるとひと言だけ「みんな勝手だね」と呟《つぶや》いた。

チカは医者には自分も行くからと告げた。それがダメなら母親に話すとも。姉は返事もせずただ俯《うつむ》いていた。

深夜、妙な気配で目が覚めた。

見ると部屋の入口に人影がある。

「姉だったんだけど……」

寝間着にしているワンピースが真っ赤だった。大切そうに何かを抱えていた。

「かわいいでしょう……」

姉はチカのベッドにふらふら近寄ると両手に抱えているものを見せた。

真っ赤になったぬいぐるみだった。

「もうベトベト。それがベッドライトでぬらぬら光ってて」

「さっき産まれたんだよ。産まれたて」

姉の目は完全にイッてしまっていた。

「ほら」

突然、チカはぬいぐるみを押し付けられた。ゾッとする冷たさとベトつく感触に思わず払いのけていた。ぬいぐるみは姉の手から外れ、部屋の隅へと転がった。

姉はぬいぐるみに駆け寄ると抱き上げ、胸に耳を当て、隠していた包丁で腕を切るとぬいぐるみに血を掛けた。

「おねえちゃん……」

姉はぬいぐるみを撫で回し、血を擦り込んだ。再び耳を胸の辺りに当てると、それをぶらりと乱暴に摑《つか》み立ち上がった。反対の手には包丁が握られていた。

「死んじゃったじゃないかよ」

姉はそういうと包丁を闇雲《やみくも》に振り回し、狂ったように踊り始めた。

チカはベランダから逃げ出し、実家に駆け込むと両親に事情を説明した。

「お医者の話ではおねえちゃんは受験の少し前からゆっくり壊れ始めていたらしいのね。エネルギーは溜《た》まっていて、あとは引き金になる出来事を待っていただけの状態だったんだって……」

チカの姉はまだ入院している。

「あ!」

# 思い出？　思い出なの？

「あなたの部屋、これぐらいの大きな鏡がないかしら」

春日さんはコンビニの帰り、中年の女に声をかけられた。

夜。

打ち合わせを兼ねた飲み会を終えての帰宅。

午後十一時を回っていた。

「はい？」

女は公園やゴミの集積場で立ち話をするような格好をしていた。薄汚れた花柄のエプロン。頭にはカーラーこそなかったが髪はぼさぼさだった。しかし、夜目にもはっきりとわかるほどの厚化粧をしていた。真っ赤なルージュを塗ったこの年の女を彼女は見たことがなかった。

「カスガミオさんでしょう？　906号室。わたし、隣のイケダです」

「はあ」

「お宅、これぐらいの鏡があるでしょう？」イケダは両手で姿見ほどの四角を宙で切ってみせた。「南東に向けて。あれ、どうにかならないかしら？」

　夜道で話すにしては大きな声だった。

　コンビニから出た客が物珍しそうにふたりを眺めていく。

「どうにかって？」

「誰かにあげるとか……捨てるとか？　ああ、捨てるのが一番良いわね。それが一番よ。思い出なの？　思い出じゃないでしょう？　思い出ならちょっと可哀想《かわいそう》だけど、でも仕方ないわよ。おかあさんは生きてるんでしょう？　形見とかそういうんじゃないんでしょう？」

「あの、ちょっとわけがわからないんで……失礼します」

　春日さんは女を置いて歩き出した。

　女はそれが耳に入らなかったかのように後をついて勝手に話し続ける。

「あれがうちの気の流れを変えてしまっているのよ。あたしね、でも、こんなこと言うの、どうかと思ってたから、いままで我慢してたんだけど。うちの息子が事故に遭っちゃって今、生きるか死ぬかなのよ。で、普通は絶対に事故に遭うような場所じゃないのよ。そこで事故に遭った、そしていま生死。それを考えたら出たのよ。やっぱりお宅の鏡を是が非でもなくすしかないって……。ねえ？　聞いてるの？　教育ないわねぇ」

「あの。うちにはそんな鏡なんかないですから」

「ううん。それは嘘《うそ》。あなたはもっている。だってでなきゃ、どうしてこんなに私は不幸なのよ」

「わけわかんない」

春日さんは女を振り切って駆け出した。

「あ。ほら！　図星だ！　図星ぃ！」

女の叫びが響いた。


午前二時と三時、四時と五時に部屋のチャイムが六回鳴らされた。

春日さんは無視した。

しかし、寝起きは最悪だった。化粧ノリも極悪。

ふらふらの頭のまま出社し、「二日酔いか？」などと冷やかされながらも、どうにか就業時刻まで頑張ると早々に退社した。

バスに乗り、椅子《いす》に座った途端、眠気が襲ってきた。

「ねえ。あの姿見、捨てちゃいなさいよ……」

不意に耳元でそう囁《ささや》かれた。

あの女が隣に座っていた。

春日さんは女を睨《にら》みつけると無視して目を閉じた。

バスはほぼ満員状態だったので、もめたくなかった。

「ねえ。ねえねえ。ねえねえねえねえ」

女は外から見えないよう、腕を組むふりをして自分の腕の下から春日さんの脇腹を強く突いてきた。

「思い出？　思い出なの？　思い出なら仕方がないけれど、でも仕方ないわよ」

「やめてください」

「姿見、捨てちゃいなさいよ」

春日さんは降車ドアが開いたのを見ると飛び降りた。

行ってしまうバスを見送りながら、なんで自分が降りなくちゃならなかったんだと、今更のように腹が立ってきた。

女はマンションの玄関で腰に手を当てて、待っていた。

「ねえ。マァ君が苦しんでるのよ。これをあげるから、捨てなさい。あなたのためでもあるのよ」

女はどこで買ってきたのか冷えた天津甘栗の袋を差し出した。袋の口は開いていて、食べた殻が混じっているのがわかった。

「おばさん、頭がおかしいんじゃないですか?」

「おかしかないわよ。隣だもの。隣人だもの。りんじん」

「ほっといてください。わけのわかんないことばっかり言わないで」

「姿見よ。これぐらいの」女はまた宙に両手で四角を切った。「思い出? 思い出なの? それでそんなに捨て渋りをしているの? 人に迷惑をかけ続けて知らんぷりなんて、どんな育てられ方をしてきたの? 親はヤクザか何かなの?」

「はあ? 勝手にすれば、わたしは関係ないから」

春日さんは女の横をすり抜け、エレベーターに乗りこんだ。すると女もすかさず付いてくる。

「姿見、わからない? 大きな全身を見るための鏡。鏡っていうのは反射して形を顕《あらわ》すものなの。そこには運とか霊とかもぶつかって反射させてしまうのよ。だから、あんたのとこの鏡が悪い運気を、うちのマァ君に反射させてるの。これだけ言ってもわからないの?」

春日さんは無言で自室のある階で降りた。

「思い出? 思い出なの? 思い出なら仕方ないけれど。でも仕方ないわよね。人にこれだけ迷惑をかけているんだから。あんたのしていることは要は犯罪を起こした犯人をかくまっているのとおんなじなんだから。だから早く捨ててしまいなさいよ」

「だから私、そんなの持ってないって言ってるじゃないですか！」

「あるわよ、あるに決まってる」

女は春日さんが相手にしないと思ったのか、外廊下から身を乗り出すと階下に叫んだ。

「思い出？　思い出なの？　思い出じゃ仕方がないけどー！」

春日さんは部屋のドアを開いた。

「とにかく、これ以上つきまとうと、警察に電話しますよ」

「マァ君は死にそうなんだよ。あんた人殺しができるよ。ひとごろし。ひとごろししながら普通の人としても生きていける。あ、きっとあんたの親もそうなんだ。人殺しの親子だ。そうかそうか……」

「頭、おっかしいんじゃないの！」

「どういう恥ずかしい親なんだろう。人に迷惑をかけて平気なんだ。なら、部屋のなかを見せてごらんよ。あたしが全部、見てあげるから。どこに何があって、どこに何があるのか全部、まるごと見てあげるから。そしたらあんたも少しは人生わかるでしょう。そんなチャラチャラ若くなってても仕方がないってことが少しは腑《ふ》に落ちるでしょうよ！」

「馬鹿じゃない！　どうして関係ないあなたにそんなことをさせなくちゃいけないの？」

「何いってんの。マァ君のためじゃない！　どうしてそんなに自分勝手なんだろう。人にこれだけ迷惑をかけてるってことがわかんないの！　マァ君に何かあったらどうすんのよ！」

「知らないわよ！　死にたければ勝手に死ねばいいじゃない！」

春日さんはそれだけ叫ぶとドアを閉めた。

「もうなんなの！　あのおばさん！」

苛苛《いらいら》した。

バッグを放《ほう》り出すとマンションの管理会社に電話をかけた。

応対した年配の男は、一方的にまくし立てる彼女の訴えに対し真剣に耳を貸そうとはしなかった。

するとチャイムが鳴った。

「ほら！　また来た。とにかく異常です。なんとか注意してください」

『注意してって言われてもねぇ……』

チャイムが鳴る。また鳴る。そしてまた鳴った。

「ほら、こうして……どうすればいいんですか？　こっちがおかしくなりそうです」

『いや。あの春日さん、落ち着いてくださ い』

チャイムが鳴る。また鳴る。そしてまた鳴る……。

「もう！　本人と直接、話してみてくださいよ！」

春日さんは携帯を持ったまま玄関のドアを開けた。

見知らぬ若い男が立っていた。

「はい？」

「どうも。この階に住んでる者ですけれど……」

「ええ……なにか？」

「さっき、怒鳴り合ってた人……」

若い男が全《すべ》てを言い終わらぬうちに管理会社の男の声が耳に届いた。

『……とにかく、お宅の隣は携帯会社のアンテナ基地で、制御装置があるだけですから
……人は住んでませんから……』

春日さんは耳を疑った。

「飛び降りちゃいましたよ……おばさん。いま、ここから」

若い男は微《かす》かに震える指を外廊下の向こうにある宙に向けた。

春日さんは失神した。

# 酒癖

ミカがそのショップに勤めたのは二年前。専用の寮のあるのが魅力だった。

「家賃は安いし、なんてったって」

渋谷に近いのである。寮といってもショップで借り上げているワンルームのことでひとり暮らしも同然だった。

先輩にクドウという人がいた。

「歳《とし》はもう二十五を越えていたと思う」

クドウさんは、よく彼女を連れて遊びに出かけた。

「でもちょっと元ヤン臭いんだけどね」

遊びに行けばクドウさんがおごってくれることが多い。ミカも生活になれるまでは勉強させてもらうつもりだった。

ところが問題がひとつあった。

「酒乱だったの。私、酒乱の人とか見たことなかったから。びっくりした」

するとある日、本人がコクってきた。

「あたし、昔、バイクで事故ってってさぁ。たまに記憶が飛んじゃうんだぁ。そんな時は気にしないで無視して置いてってていいから。全然、憶《おぼ》えてないし」

クドウさんは笑った。ある時、ミカの部屋に彼女が泊まることになった。

酔っぱらってしまったのである。

「そのままで良いとはいわれたけど。さすがにそれはできなくて」

お店の人にタクシーを呼んでもらうとヘロヘロのクドウさんを押し込み、寮であるマンションへと向かったという。

彼女はクドウさんを床に敷いたカーペットの上に適当に横にすると自分も寝る準備をした。シャワーから出てもクドウさんは床に伸びたままイビキをかいていた。ミカは彼女にタオルケットをかけ、自分はベッドに潜り込んだ。

ぎし……。

それまで夢を見ていたのだが、突然、ベッドの端が沈んだ。次の瞬間、身体が潰《つぶ》れた。肺の空気が背中へと押し込まれるような苦しさに目が覚めた。黒い影が自分の上に乗っていた。それがぐいぐいと自分の首を絞めていた。

「ちくしょう……ちくしょぉぉ」

クドウさんだった。

「ちょっと！　やめてください」

叫んだつもりがたいした声にはならなかった。舌が自然と喉《のど》の奥に丸まり沈むのを感じた。吐き気がこみあげ、息が詰まり、頭が破裂しそうに痛んだ。

力はますます強くなってきていた。

……死ぬ。そう思った途端、身体が熱くなり、猛烈な怒りが突き上げた。

「ぐえぇぇ」

ミカは叫びながら下からクドウさんの首をつかんだ。わずかに力がゆるみ、その隙《すき》に両手で絞りあげた。

「むっ」

クドウさんがうめき、ガクンと体勢が崩れ、ミカの真ん前に顔が落ちてきた。しかし互いの絞める力はゆるまない。

「なんか私も普通じゃなかったんで、自分が力をゆるめたらやられると本気で思ってたんですね」

絞め続けるとクドウさんの力が弱まった。外の明かりで顔が赤いボールのように紅潮しているのがわかった。

「ぐぇ」

突然、クドウさんがうめくと左目が異様に大きく飛び出してきた。そしてそのまま白い眼球がずるずると顔のなかから押し出されてくるように膨らみ……。ぱかっと上を向いた途端、そのまま外れて外に落ちてきたという。

「うわぁっ～！」

ミカは絶叫した。落ちた眼球が頬《ほお》に当たった。後にはぬらぬらと濡《ぬ》れた赤黒い穴がクドウさんの顔に残った。

「気が付くと朝になっていて……」

クドウさんの姿はなかった。

当日、ミカはショップを休んだ。

すると昼休みにクドウさんが来た。

「ごめんね……」

彼女はポツリとつぶやき、頭を下げた。

話によると彼女は事故のケガで左目が義眼なのだという。また元ヤン時代の経験がいまだトラウマになっていて自分でも過去の記憶が夢のなかでよみがえると〈殺される〉と思って無意識に攻撃してしまうことがあるのだという。

以来、クドウさんはミカを誘って飲み歩くことはなくなった。

「ただ、たまに部屋で寝てるんです」

深夜、変な気配に目を覚ますと寝息が聞こえるのだという。見るとへべれけになったクドウさんがカーペットの上でイビキをかいている。

「彼女、前は寮に住んでいたんで合鍵《あいかぎ》を持ってるんですよ」

朝になるといなくなっているし、そのことを告げると「ごめん！　二度としないから……」と言うのだがミカは何となく落ち着かない。

「でも、こんな部屋、他にないもん」

ミカはそうつぶやいた。

# バス停

ある朝、バス停に行くと目つきの少しおかしな女がいた。女は押坂さんが並ぶと狙《ねら》いすましたかのように真後ろに並んだ。

「それが体をぐいぐい押し付けてくるんです」

何度か振り返ってにらんだのだが、効果が無かった。列を離れ、次のバスにすることも考えたが今朝《けさ》は絶対に遅れられない重要な会議があった。女は車内でも彼女の真後ろに座った。やっと駅に着き、急いで下りようとすると髪がグイと引かれた。短い悲鳴をあげながら振り返ると自分の長い後ろ髪が女の髪に固く結んであった。女は席に座ったままジッと前を見つめたまま石のように動かない。手にはカッターナイフがあったという。

「わたし、痛みも忘れて思い切りひき抜いたんです」

女が悲鳴をあげたが押坂さんはそのままバスを飛び降りた。

以来、彼女はショートカットになった。

# ご挨拶

「引っ越しのご挨拶《あいさつ》にうかがいました」

日曜夜、戸田さんのマンションのチャイムが鳴った。ドアを開けると顔色の悪い女が手に包みを持って立っていた。

「はあ、それはどうも」

「よろしく……」

女はどろんとした目つきを戸田さんに向けると去っていった。

なかは白いタオルが一本。

しばらくするとまたチャイムが鳴った。

あの女が立っていた。

「あの……さっきの間違えたので返してください。ここの部屋はこっちでした」

「あ、でも。開けてしまったの」

「かまいません」

仕方なく戸田さんは箱を返した。

「これでしたっけ?」

女は妙な顔をした。

「はい。そうですけど」

「これじゃないと思うんですけれど」

「いえ。これですよ」

女は戸田さんの顔をじろじろと疑わしげに見ると箱を開けた。

「やっぱ違う……」

女は箱を見たまま動かなくなった。

「あの……。もう良いですか?」

気味の悪くなった戸田さんがドアを閉めようとすると女が別の包みを出した。

「あ、あの……もう良いですから……」

戸田さんの言葉が聞こえなかったのか、女はただジッと彼女を見ていた。

「あ、じゃあ」

ばりばりばりばりばりばりばりばりばり。

戸田さんが受け取ると女は自分の頰《ほお》を思いきり掻《か》きむしり始めた。

「ひゃあ！」

戸田さんはドアを閉めると鍵《かぎ》をかけた。チャイムが鳴り続けた。ドアが叩《たた》かれた。ドアポストがガチャガチャと開かれる音がした。

「おぐざ〜ん！　おぐざ〜ん！」

しゃがれた声がした。

戸田さんは女が立ち去るまでの三十分ほど身動きできなかったという。

箱を開けると髪の毛が詰まっていた。

いまでも時折、ドアポストが開く音がするという。

「優香っていう子のおかあさんだったんだけどね」本宮さんは教えてくれた。

「わたしと優香は幼稚園の頃からずっと一緒で家族ぐるみの付き合いだったの」

ふたりは同じ中学校をお受験したのだという。「自分で言うのも変だけど、かなり難関の有名中学だったのね。お嬢様学校」最初に志望したのは優香のほうだったという。「それで同じ予備校に行ってたから、私もそこを狙《ねら》うことにしたのよ」

そこは試験だけではなく親子面接も重要だと言われた。予備校では面接時の応答などもかなり徹底して仕込まれた。

「わたし、なんだかそんなにしてまで行くのが嫌になっちゃって。どうせ落ちても良いやって。試験でもそんな感じだったのね」逆に優香の両親は真剣そのものだったという。

「もうそこの学校以外は学校じゃないっていう感じでね」そして結果は、ふたりとも補欠だった。「わたし、ホッとしたの。これでまた普通の中学に一緒に行けると思って」

発表の次の日、優香のマンションに行くと彼女は留守だった。「待っていればすぐに帰ってくるわよ」優香の母親がそう声をかけたので上がって待つことにしたという。「あ、そうだ。ベランダにツバメが巣を作ったわよ」「え、ほんと?」「かわいいわよ。ヒナがぴーぴー鳴いて」「見たい見たい」本宮さんが言うと母親がベランダの巣のある場所を教えてくれた。「でも、全然わかんないの。鳴き声も聞こえなくて」「もう少し上、外壁のほうだから」母親は部屋から椅子《いす》を持ってきた。「この上に乗れば見えるわよ、きっと」「ありがとう。おばさん」

彼女は椅子に乗り、外壁をのぞこうとベランダから身を乗り出した。ごんっと椅子が揺れた。その瞬間、大きくバランスを失った彼女は落下した。ガツン。脇腹にベランダの手すりが食い込み、一回転すると室外機に腰をしたたかにぶつけた。彼女は紙一重の差で内側に落ちることができた。

「あの時の、倒れた自分を見ていたおばさんの目をわたしは一生忘れられない。だって椅子を蹴《け》ったのはおばさんなんだもん」彼女はなにごともなかったかのように手当てをしようとする優香の母親の手を振り切って家に帰った。誰にも言えなかった。言えば大騒ぎになるのが怖かった。

「あとから考えるとわたしは優香よりも補欠の順番が上だったの。二番目でね、彼女が三番目。その学校は毎年、併願している子がふたりぐらいは入学を取り止《や》めるのよ」

優香とはなぜか段々、疎遠になってしまい中学に入ると滅多に顔を合わすこともなくなってしまったという。

「いまでも、夢に出てくるのよ。あの時のことが……」本宮さんは、ふーっとため息をついた。

# 贈り物

『猫、好きですか……』

香村さんは帰宅途中、そんな電話を受け取った。

「電車のなかからかかってきているのはわかってたんですけれど……」

履歴が非通知だったので無視していた。

「でも、全部で五回以上かかっていたので」

帰り道、六回目の電話には出ることにした。

すると相手は男の声でそう訊《き》いてきたのだという。

バイト帰り。午後の十一時をとっくに過ぎていた。

「もしもし……」

『猫、好きですか……』

「どちらさまですか？」

『(沈黙)……猫、好きですか……』

香村さんは電話を切った。

誰かが見ているような気がして周囲を見回す。

暗い路地、家の明かりはほとんど消え、薄暗い街灯だけがアスファルトを照らしていた。

にゃ～ん。

どこからか猫の声が聞こえた。

自然と早足になった。

すると携帯が鳴った。

非通知だった。

「気持ちが悪かったので無視しようと思ったんですけれど、ああいう時ほど無視できないものですね……」

香村さんは歩く速度を落とさずに出た。

『ねこぉ、きらいなんですかぁ……』

男のすがるような甘えたような声が耳に広がった。

「猫は好きだけど……あんたは嫌い！」

思わずそう口走っていたという。

『なぁーお』

男が猫の鳴き真似《まね》をし、電話は切れた。

アパートに戻ると彼女は戸締まりをし、簡単にシャワーを浴びてから友だちに電話をかけた。

『やばいよ。そういうの、ストーカーだよ』

「でも、どうやって番号調べたんだろう……」

『そんなの知り合いに決まってるジャン。普通の顔してあんたに話しかけてきている奴らのなかに絶対いるんだよ』

「やめてよ〜、もう」

『はは。でも、マジで気をつけないとだめだよ』

「ありがとう……」


夜、何度か猫の鳴き声を聞いたような気がした。

しかし、寝室から出て確認する気はおきなかった。


翌朝、変な臭《にお》いがしたという。

「わたし、ド近眼なんで眼鏡かコンタクトを外すと何も見えないんですけれど」

ぼんやりしながらトイレに行き、戻ってきた時、玄関のドアポストの下にゴミのようなものが溜《た》まっているのに気がついた。

「え……なに？」

眼鏡をかけ直し、それを見た。

腰が抜けてしまったという。

「子猫が山盛りになってたんです」

柔らかな毛を全身にまとった、生まれて一週間経《た》ったか経たないかという子猫が倒れていた。目を閉じたまま口をあけたもの、目を見開いたものがあったが、いずれも鳴き声ひとつ、身動きひとつしない。

全《すべ》て死んでいた。

「警察の話だと死因はドアポストから無理矢理、押し込まれた時に首か身体が潰《つぶ》れてしまったんだろうということでした」

その証拠に和毛《にこげ》がみっしりとポストの口に貼《は》り付いていた。

「どちらにせよ、引っ越した方がいいかもね。これは相当、タチが悪いよ」

刑事はそう呟《つぶや》いた。

「でも、その時は引っ越しのお金なんかすぐにはないし、もう少し様子をみようかなって思ってたんです」


その夜、また非通知の電話があった。

「もしもし……」

『は、鳩、好きですか……』

翌日、香村さんは引っ越しの手続きを開始した。

「携帯の番号も変えました」

その後、警察からは何の連絡もない。

# ポスト

最近、白鳥《しらとり》さんが帰宅すると新聞受けに写真をコピーしたものが入っている。それは彼女の部屋の前の廊下をエレベーターホールに向かって写したもので、初めは無人の写真ばかりだったのだが。先週、ホール脇の壁に半分だけ顔を覗かせている滅茶苦茶《めちゃくちゃ》なメイクをした女が初めて写っていた。

いま、それは毎日少しずつゆっくりと彼女の部屋に近づいて来ている。警察は相手にしてくれていない。

夜中にノックされるのが怖い。

POST
白鳥

# 油泥

小学五年の頃、ヨシエは親友のカヲリと〈瓶あつめ〉に凝ったことがある。

「ビール瓶や一升瓶を持ってくと五円や十円で買ってくれる酒屋があって」

ふたりは学校が終わると〈瓶あつめ〉に奔走し、酒屋で換金すると駄菓子を買うのが楽しかった。

ある日、いつものように公園や空き地で瓶を拾った後、カヲリが先頭に立って歩き出したが、道が違う。

「どこ行くの?」

カヲリは無言で歩き続け、やがてカヲリは人一人通るのがやっとという木造長屋の裏路地で止まった。日当たりが悪く、露出した土の上には銭ゴケがびっしりと生えた陰気な所だった。

「おばあちゃん!」カヲリが声をかけると中で声がし、ドアが開いた。

シワシワの老婆が立っていた。

「おうおうよく来た。入りな入りな」

ヨシエがためらっているのを無視してカヲリは中に入っていった。

「部屋の中は、ガランとしてた……」

畳の上には小さなタンスとテレビ、ちゃぶ台だけ。六畳一間の部屋。老人独特の臭《にお》いは充満していたが、およそ生活感というものは感じられなかった。

「おばあちゃん、これ！」カヲリが瓶を渡すと老婆はハイハイとうなずき、財布から千円札を五枚渡したという。

ヨシエはびっくりした。

ふたりは老婆の出したカルピスを飲むと部屋を後にした。

「ねえ、あの人なに？」

「知らない。先週、おかあちゃんと一緒に行った病院にいた知らない人。遊びにきたらお金くれるっていうから。ただじゃ悪いから瓶を買ってもらうっていうことにしたんだよ」

ふたりはそのお金で駄菓子だけでなく、レストランに行くとケーキやパフェも食べ、いわゆる豪遊をした。

「いけないことをしているような気がしたんだけど、やっぱり金があるといろいろ嬉《うれ》しいからさぁ」

ふたりは暇を見つけると老婆の部屋に瓶を持って出かけ、行くたびに数枚の千円札を手にした。部屋で老婆はただ彼女たちが話したり笑ったりするのをにこにこと眺めているのみだった。

ある日、老婆がぽつりとつぶやいた。

「ねえ、カヲリちゃん、もしおばあちゃんがお金を払わなくなったらどうする？　それでも来てくれる」

「来ない。意味ないから」

すると老婆は自分に言い聞かせるように何度か頷《うなず》き「そうだよねぇ。そうだよねぇ」とくりかえした。

それからも老婆は瓶を買い続けた。

「ただそれからは何となく部屋に上がることが少なくなって」

玄関でお金だけ受け取ると帰るようになったという。もちろん老婆はふたりに上がっていくように誘うのだけれどカヲリはそれを拒否し、札だけ受け取ると逃げるように戻った。

やがて夏休みになりお盆も近くなってきた頃、ヨシエは母親の実家に帰省することになった。

「二週間ぐらいで戻ってきたんだけど」

お土産《みやげ》を持ってカヲリの家へ行くと誰も出てこなかった。いつもならチャイムを鳴らしただけで元気よく出てくるはずなのに……。

おかしいと思いながらチャイムを鳴らし、ドアを叩《たた》いた。すると正面の部屋から中年の女が声をかけてきた。

「あんた、そこの子、入院したよ」

「え？　どうして？」

「よく知らないけど、頭がおかしくなったみたいよ」

水商売風の女はめんどくさそうに病院の名を告げるとドアを閉めた。

「で、行ったの病院。近くだったから」

受付でカヲリの名前を言うと病室を教えてくれた。その部屋は小児病棟の端にあり、部屋にはいると六つあるベッドのうちの三つにしか人はおらず、カヲリのベッドは一番奥。窓際のカーテンの閉まった所のようだった。ヨシエがそっとカーテンを開けるとカヲリが横になっていた。

「カヲリちゃん」

声をかけたがカヲリは天井をにらんだままぴくりとも動こうとしなかった。

「よく見ると彼女の体の上を、薄いタオルケット越しにヒモが何重にも巻いてあるんです」

もう一度、声をかけたが、やはり返事はなかった。目は開いているが何も映っていないようだった。

驚いて帰ろうとした彼女にカヲリの母親が声をかけてきた。泣き腫《は》らしたように顔が変わっていた。

「カヲリちゃん、どうしたんですか?」

「あのね……」と、母親は口を開いた。

「カヲリは私が帰省している時、ひとりでおばあちゃんの部屋に行ったらしいんです」

たぶん、いつものように声をかけたが、その日は老婆が顔を見せることはなかったようだ。焦《じ》れたカヲリがノブを回すとそれは簡単に開いたのだろう。

「おばあちゃん……」

声をかけると暗がりの中、部屋の隅にぽつりと座っている老婆が見えた。

「瓶、持ってきたよ」

そんなことを言いながら返事をしない老婆を待てずカヲリは部屋に入った。老婆は彼女を背にして座り、その体は前後に少し揺れていた。

多分、寝ているのだろう、耳も遠くなっているはずだし、いくら声をかけても返事をしないのはうたた寝が深くなっているからだとカヲリは思い、「ねえ!」と老婆の肩に手をかけながら覗《のぞ》き込むように前に回り込んだ。

「!」

老婆には顔がなかった。顔のあるはずの場所は油泥《ゆでい》を塗ったようにヌラヌラと光っていた。

「うわぁ!」

カヲリが悲鳴をあげたと同時に老婆が破裂した。枯葉のようなものが飛び散り、カヲリの顔を目を耳を覆い、やがてチクチクとかじり始めた。

「ゴキブリだったんです」

老婆はすでに死んでいたのだという。どこからか入り込んだゴキブリが死体を餌《えさ》にしていた。絶叫しながらカヲリは外に出ようとしたが、目が開かず、畳に散らばったそれらを踏み潰《つぶ》した拍子に体液でスリップした。悲鳴をあげれば、菓子の臭いに誘われたそれらは口のなかになだれ込んだ。ただならぬ悲鳴と物音に気づいた隣室の大工が部屋に飛び込んだ時にはカヲリはゴキブリに包まれていたという。

「警察も来ていろいろ調べたらしいんですけれど事件性はなかったみたいで」

老婆は心臓麻痺《まひ》だった。

「おばあちゃんは私たちの瓶代を払うのでほとんど食べ物を口にしてなかったらしいんですね。それで弱ってしまって心臓麻痺を起こしたそうなんです」

翌年春、ヨシエは両親が離婚し、母親の実家に引っ越すことになった。

まだカヲリは入院をしていたという。

以降のことは知らない。

# 夜道

大久保さんが深夜、ひとりで自宅に帰っているとき、ふと気配を感じて振り返ると大きな男が金槌《かなづち》を振り上げて今にも叩こうとしていた。

驚いて固まっていると男は。

「あれ？　違う人だ」

と、呟《つぶや》き、元来た道に走っていったという。

# 募金

去年の暮れ、戸浦さんが駅前で信号待ちをしていると女が近寄ってきた。

「可哀想《かわいそう》な戦争の犠牲者である子供を救うためなのです」

女が差し出した小さなプラケースには地雷で手足を失った子供の写真があり、女は募金箱と思われるものを首からさげていた。

「お志だけでけっこうなんです……お志だけで」

女は栄養失調気味にも見える痩《や》せた顔を必死で歪《ゆが》ませた。

「たぶん、笑おうとしていたんだと思います。絶対にそうは見えなかったけど……」

戸浦さんは、他のことを考えていた手前、あまり女の言うこともプラケースにも注意を払わず「ああ、そうですか」と機械的に財布から五百円硬貨を取り出すと、女の首にかかっている募金箱のなかへ落とした。

「ふへぇ。ありがとうございます……ありがとうございます」

女は哀れなほど頭を下げると、くどくどしく礼を述べた。

そのあまりなオーバーリアクションに周囲の者がじろじろと戸浦さんを眺めまわし、実に居心地が悪かったという。

戸浦さんはそこから電車で一時間半ほど離れたところに住む友人の家を訪ねるつもりだった。

「電車のなかは丁度、いい案配に日が差していて、ぽかぽかと良い陽気だったので」

大抵の乗客は居眠りをしているように見えた。

ラッシュアワーが一段落し、ちょっとした【凪《なぎ》】のように穏やかな時間が流れていた。

「駅を降りてしばらくすると、すぐ気がつきました」

もともとその駅周辺は住宅地しかないので昼日中《ひるひなか》に降りる人はまばらだった。

あの女が戸浦さんのいた車両の隣からホームへと降りてきた。

女は改札を出るとやはり交差点で信号待ちをしている人に近づき、ぺこぺこと頭を下げると募金を迫っていた。

なんだかその女の姿には誠実でない不快なものを感じた。

戸浦さんはそのまま友人宅へと向かった。

途中、コンビニに寄って飲み物や菓子を買っていると、女も店に入ってきたのだという。

「不思議な気がしましたけれど、彼女もこちらに実家なり、何か用事があってしているこ とだと思っていましたよ。でなきゃ、そんな……理解できないんですもの」

女は信号待ちする度、そばの人間に募金を募っていたが、誰も金を出す者はいなかった。

……普通は渡さないんだ……。

戸浦さんはぼんやり、そんな風に思った。

友だちの部屋では何気ない世間話に花が咲いた。

「その子とは高校時代一緒にブラバンをやっていて」

あの頃は良かったね～、などと笑い合っているとチャイムが鳴った。

「はーい」友だちが戸浦さんに「ちょっと待ってて」と言い置いて出て行く。

暫《しばら》く、テレビを眺めていると、玄関口でのやりとりが耳にこぼれてきた。

「なんか揉《も》めてるっていうほどではないんですけれど」

何かごたついてる感じがあった。

大丈夫かなと思い、覗《のぞ》こうとしていると友だちが戻ってきた。

顔には困惑の色がありありと浮かんでいた。

「なに？　どうしたの。大丈夫？」

「うん。あのさ……」

『こんにちは！』

　玄関先から奇妙な声が聞こえてきた。

　戸浦さんが顔を出すと玄関先にあの女がいた。

「何時ぐらいにお帰りになります？　それとも今日は泊まり？　泊まりかな？」

「なんですか？」

「いや、あなたが泊まるならわたしも泊まらなきゃならないし。そしたらそれはそれで泊まるところを探さなきゃならないし。まさかここに泊めては貰《もら》えないでしょ？」

「知り合い？」

　友だちが妙な顔をしていた。

「全然！　全然、知らない人」

「えぇ？　あたし、なんかすっごく親しげだから知り合いか何かかと思ってた」

「全然、知らないよ、こんな人。募金あげただけだもん」

「あの揉めてるところ悪いんだけど、いつ帰る？」

「関係ないでしょう！」

「関係ない……。はっ、バッカみたい」

女はそういうと床に唾《つば》を吐いたという。

「ちょっと出てってよ！」

ふたりが怒り出すと女は逃げていった。

「なんなの……あれ」

戸浦さんは呆然《ぼうぜん》としていた。


翌日、出勤のためマンションの玄関を出ると女がいた。

女は無言で彼女を睨《にら》みつけ、募金の箱を揺すって音を鳴らした。

バスに乗ると一緒に乗り込み、電車にもついてきたという。

「ねえ、いったいどういうこと？」

会社のある駅に着いた時、たまりかねて戸浦さんは女に詰め寄った。

「あんたを守ってやってるんだよ。五百円分。もっと入れるか？」

女は募金箱を揺すった。

「あんまり変なことをすると警察に連絡しますよ。これ、ストーカーじゃないですか？」

すると女はケロケロケロと妙な声で笑った。

「なんで、おまえら外の人間はみんなおんなじこと言うんだろう、けろけろけろ」

戸浦さんが睨んでいると、笑い終えた女は彼女の胸を摑《つか》んできた。

「なにすんのよ！」

その手を払いのけると女は倒れ、頭を打ったのかそのまま痙攣《けいれん》を始めた。

「なんだか、その痙攣も芝居臭くって。わたし、放《ほう》っておいてそのまま会社に戻っちゃったんです」

なんだかその夜は帰宅するのが億劫《おっくう》になり、会社の同僚を誘うと飲みに出かけた。

深夜、タクシーで帰宅し、部屋に戻ったという。

「友だちから、ああいう宗教っていうか団体はメンヘル系が多いから気をつけなよとか、次に何かされたら証拠を集めておいて警察に行った方がいいとか、いろいろアドバイスを受けましたね」

シャワーを浴び、ベッドに潜り込んだ時には、女のことも忘れていたという。

深夜、妙な気配で目が覚めた。

ベッドの脇に何かが並んでいた。

人だった。

「えっ！　て思いましたけど……もうそれだけで身体が動かなくなっちゃったんです」

狭い六畳の寝室に十五、六人がいた。

誰も身動きひとつせず、ただ黙って彼女を見つめていた。

あの女が隅に立っているのが見えた。

周囲の人間同様、表情のない顔で彼女を見つめていた。

『◎じゃ□めすよご』

『めめ×△らるろ♪』

一斉に彼らは口走り始めたのだが、ひとつとして言葉になってはいなかった。

「お経とも違うんです。ただもう、なにか口から音を出しているっていう感じで……」

ひとしきり、それが続くと、またぱたりと音が止《や》んだ。

手前にいる男が果物ナイフを取り出した。

そして彼女の目の前で自分の指先に刃を入れた。

男は血が溢《あふ》れるのを確認すると硬直している彼女の顔を血でなぞり、最後に口の中に指を突っ込んだ。

苦い鉄の味が広がり、吐きそうになった。が、男がそれを見て睨みつけた。

「吐いたら、もっと酷いことをされると思いました」

彼女は黙っていた。

すると次から次へとナイフで指を切った人間が順番に彼女の顔に血をなすりつけ、口のなかに指を入れては後ろへさがった。

あの女も念入りに同じことをしていった。

全員が終わると最初の男が彼女の胸に手を当て、物凄《ものすご》い力を込め、一気に押した。

彼女は失神した。


気がつくと朝になっていた。

既に男たちの姿はなく、玄関の鍵《かぎ》はロックされていたという。

ユニットに駆け込み、鏡を見て彼女は息を飲んだ。

他人の血にまみれた顔があった。

即日、彼女は引っ越しをした。

「警察にも言いました。一応、捜査っぽいことはしてくれましたけど、一日だけで、それからは何の連絡もないです」

戸浦さんはもう募金はしたくないと呟《つぶや》いた。

# アガペー

世の中には単に異性にモテるというのとはちょっと違う、女運の悪い奴がたまにいる。

タクヤもそのひとり。

昔っから女にはモテるのだが、だからといっていつもホクホクとは限らない。

雨の日に偶然、傘に入れてあげた女性と深い仲になったのはいいが、彼女はさる巨大組織の組長の孫であったりした。

「あのときは、アパートの前に黒ずくめの男たちがずらっと百人ほど並んじゃいまして……」

組長直々に、「孫娘と付き合う気なら、組に入れ」と言われ、死ぬ思いで恐縮しつつ辞退したという経緯もあり、その後、警察が何日も彼を危険人物として尾行したというおまけまでが付いていた。

また、電車で知り合った女性と付き合ったのはいいが、彼女には毒蛇のようなストーカー男がついていて、それを追い払うのに銭も時間も大いに使わされたりもした。

そんな彼が、三年前のこと。

「家庭教師先のおかあさんにすっかり気に入られてね。バイトに出向くたびに夕食やおやつをご馳走《ちそう》になってたんだけど……」

と、あろうことか奴はおかあさんとデキてしまった。

「もちろん、生徒にはばれないようにしていたし、そんなに深入りするつもりはなかったんだけど……」

少しずつ、おかあさんが、普通のおかあさんとは違うというところが見えてきた。

「最初っから、やたらと神様が神様がと口にするから妙だとは思っていたんですが」

実はおかあさんはかなりの神様信者だったらしく、

「面白い本があるからって渡されるのが、【世界のはじまりとおわり】みたいな本で」

おまけに、死んだ後に天国にいける人は限られているみたいな話を、二時間ぐらい熱っぽく語られたのだという。

「その時の目つきがおかしいんですよ。上目遣いになっちゃって、なんだかトランス入ってるみたいで」

さすがに気味が悪くなり、なんとか理由を付けて家庭教師を辞めようとした。

「そしたら、ちゃんと話し合ったうえで辞めてくださるのなら結構ですって連絡が来て」

タクヤは〈ちゃんと話し合うため〉に生徒の家に赴いた。


「その日は息子が修学旅行でいなかったんですけれど……」

おかあさんはいつものように熱っぽく神様への愛と忠誠を誓うことの素晴らしさについてたっぷりと語り、本当の人生を「あなたに捧《ささ》げたい」と語り、もう魂の緒は繋《つな》がっているのだと大熱弁をふるい始めた。

「その日は何かクスリでもやってるんじゃないかっていうぐらい凄《すご》くて」

おかあさんは、「あなたのためなら息子も捧げます！」と床にぬかずいて祈ったりした。あまりについていけなくなったので三時間ほど経《た》った時、「とにかく、辞めさせて貰《もら》います。今までありがとうございました」と言ってタクヤが席を立つと、突然、大絶叫が走ったという。

「もう金切り声とかいうレベルじゃなくて、爆破音みたいな感じでした」

おかあさんは立ち上がるとブラウスをいきなり引きちぎり、ブラジャーを取りはぐった。

すると露出した胸と腹に字が書いてあった。

「アガペー！　究極の隣人愛！　絶望！　魂孤独死とありました」

あまりのことに呆然《ぼうぜん》としていると。

「な……なんで、お、おまえにはわからないんだよおう！」

と、おかあさんが男のような野太い声を出し、どこに隠してあったのか不意に包丁を振り上げたのだという。

「一瞬、頭のなかに映画『サイコ』のシャワーシーンが浮かびましたよ」

本当に殺されると思った。

タクヤはそのまま居間から庭へと通じるガラス戸へと向かった。大きな音がしてガラスが目の前で飛散した。見ると椅子《いす》が投げつけられていた。

振り返ろうとした瞬間、あと二センチほどで手のひらというところに包丁が突き立った。

おかあさんが投げつけたのである。

タクヤはそのまま靴も履かずに外へと飛び出したという。

「それからも頻繁に携帯に電話がかかってきたりしましたけど……」

着信拒否にした。

「あーあ、普通の恋愛がしたいっす」

と、タクヤは呟《つぶや》いた。

# デスり

沼田さんが大学生の頃の話。

「ライブハウスで知り合ったんですけれど……」

彼女が好きで追っかけていたバンドのライブに来ていたのだという。

声をかけてきたのは向こうからで、悪い印象ではなかった。

「彼も自分でバンドやってて。わたしが好きだったバンドのメンバーと友だちだったのね」

彼は彼女をライブ終了後の打ち上げにも誘ってくれたのだという。

「それから一週間ぐらいして、今度は彼のバンドのライブを見に行くようになって」

ふたりはなんとなくつきあうようになった。

「つきあってわかったんだけど、彼かなりエキセントリックな人だったのね」

とにかく気分のムラが激しかったのだという。

「直接的な暴力とか怒鳴りつけるっていうことはないんだけど」

イライラしてくるとひと言も口をきかなくなった。憂鬱《ゆううつ》そうな顔のまま何時間でも黙っているのだという。

「いくら話しかけても無駄なのね。だから、こっちはこっちでつまらないから帰ろうとすると」

怒り出した。

「いろいろ理由はつけてたけど。要は俺が怒ってるんだから、おまえがおだてるなりなんなりして機嫌を良くさせろっていうことなのよ」

やってらんなかった。

「バンドもアマとしてはまあまあな程度で、わたしが追っかけてたとことは雲泥の差だったの」

またそれも彼のプライドを酷《ひど》く傷つけたのだという。

「とにかく気難しいのよ。テレビなんかで、ちょっとわたしが歌手とかほめると途端に機嫌が悪くなったりするんだもの」

それでも一年ほどはつきあった。

「なんか妙なところで可愛《かわ》いくて。絶対にだめだって思うほどの決心がつかなかったんです。でも、バンドをやめて普通に就職するってなってからは、わたしの気持ちも急速に冷めていきましたね」

いまから思えば彼なりに将来のことを考えた結論だったのだろうと彼女は言う。

「でも、普通の仕事になっても彼は性格が変わらないんだろうなと思ったら、厭《いや》になってきちゃって」

今まではアマとはいえミュージシャンだという頭があったから彼のわがままも許してこれたが、普通に勤めている人間に急に憂鬱にふさぎ込んだり、黙りこくったりされるのは正直、勘弁してほしいという気持ちが強かった。

「で、わたし、別れ話を切り出したんです」

彼は無言だった。

「良いとも悪いとも言わないんです」

で、暫《しばら》く会わないと連絡が来る。

彼には別れる気が全くないようだった。

「不思議なんですけれど、わたしが別れようって言ったのが、まるで無かったことみたいにふるまってるんです」

そんな関係のまま、さらに三ヶ月が経《た》った。

「好《い》い加減に決着をつけたかったんで」

彼女はハッキリと言った。

「嘘《うそ》なんですけれど、他に好きな人もできたって付け加えたんです」

するとさすがに彼も顔色を変え、小さく「わかった」と呟《つぶや》いた。

但し、最後に思い出の品物を海で焼きたいからつきあってくれと言った。

「それぐらいならと思ってOKしました」

二日後の夜、呼び出しがあり、彼の運転する車で海を目指した。

これで終わりなんだと思うと彼女も少し寂しくなってきたという。

運転する彼の空いている左手を握った。

彼は優しく微笑《ほほえ》んだという。

車は高速を疾走していた。

「なあ、本当に終わりなのか?」

彼が不意にぽつりと呟いた。

「うん」

「やりなおせるんじゃないのか?」

「ううん。だめだと思う。わたし、音楽を捨てたあなたが好きじゃないもの」

彼は黙っていた。

「本当にだめなのか？」

「うん」

「絶対だな？」

「うん」

と次の瞬間、彼はドアを開けると飛び出してしまったという。

彼女は空っぽの運転席を見つめ呆然《ぼうぜん》としていた。

「え？　ええぇ？」

途端に車が左にズレ始めた。

「わたし、その頃、免許もってなかったんで」

とにかくハンドルを握りながらサイドブレーキを引いたのだという。

「そしたら車がくるって横滑りしたと思ったら、盛り土のなかに突っ込んで停《と》まったんです」

彼は両手両足を骨折する重傷だった。

警察には彼が誤って落下したと告げた。

「お見舞いには行きませんでした」

二週間ほどして彼から『一緒にデスりたかった』というメールが来た。

が、返事はしなかったという。

「いまでは絶対に、運転する人にはシートベルトをしっかりして貰《もら》ってから乗るようにしてます」

沼田さんはそう頷《うなず》いた。

シャドー

「去年、臨床心理士の資格が欲しくて大学の心理学部に編入したんです……」

森さんは父親がイギリス人、母親が日本人のハーフ。背も高く、中学時代からモデルもしている美人だ。「今はモデルのお仕事も来ていますけど、これから先のことを考えると何かちゃんとした職業についてないといけないなと思ったのと、やっぱり興味がありましたから。パパの知り合いに有名なカウンセラーの先生がいて相談したら、カウンセラーよりも臨床心理士のほうが向いているかもしれないよって言われて」

それで決心をしたのだという。

第二の学生生活はとても新鮮だった。

「はっきりした目的意識がありましたから充実していましたね」

新しい友だちもできた。

「なかに一人、大親友になった子がいて」

名前を〃カイ〃と言った。

「彼女も同じ出直し組でした」

ふたりは授業のある日はほぼ一日一緒にいることも多かった。

「わたしはひとり暮らししていましたから、実家が遠い彼女を泊めてあげることも多かったんです。変わった子でね。写真マニアなんです。いつもデジカメで写真を撮っていました」

ふた月ほどして彼女は別の友だちに、「このあいだ銀座のデパートで見たから声をかけたのに無視して行っちゃったでしょう」と冗談交じりに問いつめられた。

「その日は仕事だったから行ってないのに絶対に私だったって言うのよね」

以来、度々、そういうことが起きるようになったのだという。

そんなある時、彼女は教授から呼び出された。彼は深刻な顔をして「君、僕のいない間に部屋に入ったかね」とたずねた。そんな憶《おぼ》えは全くなかったので「いいえ」と答えると「先週、この部屋に不正に入った人間がいてそれを助教授がみかけたんだが、君にそっくりだったと言うんだ。まあ、実害があったわけではないし、施錠しなかった彼らにも責任はあるから良いのだが」教授はそうつぶやいた。びっくりした森さんは懸命に自分ではないと主張したが「君はかなり目立つからね」と教授は捨て台詞《ぜりふ》を残し、その場を終わらせてしまった。「もう最悪でした」

そんな時、彼女のボーイフレンドが妙なことを教えてくれた。彼いわく、「君そっくりの人間がマンションにいる」というのであった。聞けば「マンションをたずねたら、君と雰囲気が同じ人間がエレベーターに乗り込んできてびっくりした」という。「それが、顔は違うけれど服も靴もブレスレットなんかもそっくりだ……って言うんですね。で、彼に、その女が降りた階を教えてもらって、どの部屋の人なのか見張ったんです」

彼の話では、その人物は五階で降りたという。森さんは長丁場になるのを覚悟で部屋を見渡せる非常階段に詰めた。すると自分でも驚くほどそっくりな人間がある部屋に入ったのだという。彼女は話をしなくてはと思い、その部屋のチャイムを押した。しかし、応答はなかった。

その夜、彼女が友だちと電話をしているとカイがやってきたという。おびえた様子で森さんの部屋に来る途中でそっくりの女に追いかけられたと言っていた。しかも顔にはうっすらと血がにじんでいた。「もしかしたら、あなたになりすましている女かもしれないと思って声をかけたら……」いきなり突き飛ばされたのだという。女は倒れたカイをそのままに部屋に逃げ込んだと聞いた。

カイが帰り、ひとりになると森さんは激しい怒りがわいた。会ったこともない人間に邪魔されながら生きるのは嫌だと思った。彼女は、あの部屋に行くとチャイムを押した。明かりは点《つ》いているのに返事はなかった。「ちょっと開けますよ！」彼女はそういうとドアを開けた。

びっくりしたという。

「なかはうちの部屋そっくりなんです」ベッド、テーブル、カーテン、本棚、そして冷蔵庫につけてあるクリップまで、すべてが森さんの部屋のコピーになっていた。「あんまりにも驚いたんで……」奥へ行くとテレビの前の小物までが一緒だった。その瞬間、ゾッとした。「この部屋の人間は絶対にウチに来たことがあるってわかったんです」

すると背後で物音がした。見るとカイが森さんと同じ格好で立っていた。手にはナイフをもっていた。「顔を代えてよ。顔があれば完璧《かんぺき》なんだから」そう言うと、カイは自分の耳の脇にナイフを当て、ズッと刃を差し込んだ。森さんは絶叫すると部屋の外に逃げだした。

「そのすぐ後、私が救急車を呼んだんで、カイは入院したんです」

一種のなりすまし妄想なのだという。

「自分に自信をもてない個人が、どんどんある人になって、その人の自信を取り込もうとするんですけれど最後には絶対に違いが残ってしまう。そうすると今度はオリジナルが邪魔になるんです。危なかったですね」

森さんが事情を説明すると教授がアメリカの事例を引いて、そう説明してくれたという。

来年には臨床心理士の受験資格がもらえると彼女は言った。

# 便所の落書き

「そいつ、なんだか駅の便所の落書きを見て電話したらしいんですよね」

神木くんは高校の同級生の話をしてくれた。

「梅本っていうんですけどね」

昔っから妙なことをする男だった。

「つまらないって言って突然、三階の窓から飛び降りたり、車に軽く撥《は》ねられてみたり。まあ、怪我《けが》は大したことないのが謎《なぞ》なんですけれど」

とにかく普通にしているのが苦手な人だった。

「で、その梅本も今春から就職したんですけれど、絶対に長続きするはずがないと思ってたんですよ」

彼らは仲間四人で梅本がどのくらい仕事が続くかを賭《か》けているのだという。

「もちろん、本人は知らないんですけれど、そんなわけもあって、俺らはちょくちょくウメに連絡を入れてるんですよ」

　つい先日も、電話をした。

「おー、元気にしてるか？」

と訊《き》くと、珍しくテンションの低いウメの声が返ってきた。

「お！　これは！　と思いましたね。きっと仕事でヘタ打ってクビになったんやろうと……」

　神木君は「どうしたんだ？」と尋ねた。するとウメはメシ奢《おご》ってくれるんなら話してもいいと言った。

「これはますますいい兆候だと思いました。僕は夏前に辞めるというのに賭けていましたから。ウメがその時点で辞めていてくれれば十万円はいるんです」

　ウメはステーキが食べたいと言った。

「いいよ、いいよって言いました。ほぼ僕の中では勝利者宣言が出ていましたから」

　それで新宿にあるステーキ屋に連れて行ったのだという。

　ウメはよく食べた。

「で、なんかあったのか？」

　神木君が訊《たず》ねると、ウメは「うん」と小さく頷《うなず》いた。

「なんだよ、早く話せよ」と、神木君が催促すると、ウメはポツリポツリと話し始めた。

ウメはやはり会社で失敗ばかりしていた。

営業見習いとして配属されたのだが、先輩とはぐれてしまうのだという。

大きな会社とか行くと必ず俺だけトンチンカンなところに行っていて、迷ってしまうんだよ。当然、先輩は捜すし、俺も捜すし……」

車に戻ってから大目玉を食うことがたびたびだった。

「なんで迷ってしまうんだろうと思ったら、俺は初めての会社だと珍しくていろいろと誘われるようにふらふら歩き回ってしまうみたいなんだよ」

ウメにはその自覚がない。だから同じことをくり返した。

「おまえ、そんなんじゃやっていけねえぞ」

先輩は毎日、きつく釘《くぎ》を刺した。

しかし、なかなか治ることはなかったという。

「一日に一回はやっちゃう。ふと、気が緩んだときが一番危ないんだけどな……」

先々月のこと、遂《つい》に堪忍袋の緒が切れた先輩がウメを置いて次の取引先に行ってしまったのだという。これはさすがにきつかった。

「俺って、この会社でいらない人間なんだなって思い知らされたような気になってさ」

「やめたんだな？」

「いや、まだ話は終わってないから……」

ウメはその日、無断で直帰したのだという。

「で、そのまま自分のアパートに帰るのも厭《いや》だったんで」

駅の便所を見て回ったのだという。

わけがわからない。

すると様々に卑猥《ひわい》な落書きのなかに、バイト募集の文字があった。

〈ラクラク即払い！　ひと晩で十万はキミにも稼げる〉とあったのだという。

ウメは何のためらいもなく、書かれていた携帯の番号に連絡を入れた。

暗そうな声が返ってきた
『あぁ～ううぅ。こ、今夜、できますか？』

「はい。できます」

そう答えると、相手は三十分後にまた連絡をしてくるように告げた。

ウメは吉野家で牛丼をごりごり食べると、頃合いを見計らって再度、電話をした。

『……はい』

先ほどの男の声がした。

ウメが名乗ると、男は三つほど離れた駅でまた電話をくれと告げた。

「あ、あの……。ひと晩で十万円は本当っすか？」

『ああ……（沈黙）。本当だよ』

ウメは嬉々《きき》として指定された駅へと向かった。


駅から電話をすると一台の車が迎えに来た。

「カローラだったそうです」

乗っているのはフリーターみたいな三十半ばの男。生気がなくぼーっとしていた。

「仕事は難しくないんです。だまって座っててくれればいいだけ。但し目隠しとヘッドフォンはしてもらいます。そのふたつは絶対に外さない。外したらギャラは払いませんし、即刻、出て行って貰《もら》います」

なんだかわからないけれどウメは面白そうだなと思ったという。

「奴が連れて行かれたのは普通のマンションだったらしいですよ。そこの六階だか七階に連れ込まれて……」

2Kの一室だったという。

テーブルの上に飲み物とお菓子があり、自由に食べていいと言われたらしい。

「なんの説明もなかったらしいんです。男は目隠しとヘッドフォンを持ってくると、始めるけどいい？　とだけ訊いた。それだけ」

ウメはヘッドフォンと目隠しを言われるままにした。強烈なデスメタルが流れていて周囲の音は全く聞こえなくなった。

男に肩を押され、テーブルに座った。ビールを手探りに飲み始めた。

「一応、財布とかは取られないようにしてたらしいんですけどね。まあ、きっとたいして持ってるわけじゃないんですけど」

ウメはデスメタルを聞きながらも、なんだか昼間の疲れからか眠くなってきたのだという。壁によりかかると、そのままウトウトした……。

ふと気がつくと、手が握られていた。

「女じゃないかと思ったらしいです……」

それは華奢《きゃしゃ》でひんやりしていた。

慌てて確認しようと思ったが、目隠しとヘッドフォンを取るとギャラがパーになるということを思い出し、ウメはそのままでいた。

暫《しばら》くすると手は離れていった。

すると次に膝《ひざ》や肩にしがみついてくる者がいた。

「それがかなり強い力だったらしいんですよね」

男か女かは定かではなかった。ただ、ちょっとこちらに対して力の加え方が異常だったという。時折、誰かが走り回るのが感じられた。何人かが部屋のなかにいる。と、また誰かがウメに触れたという。

彼は反射的にその手を握り返し、撫《な》でてやったという。

「暫くすると、その手の主はぶるぶる震えて反応しなくなったそうです」

ウメはそれでもジッとしていた。

一時間経《た》ち、二時間が経ったように思えたウメは猛然とトイレに行きたくなった。

「すみません！　トイレにお願いします！」

部屋の誰かに案内を頼んだのだが、何の反応もなかったという。

「これ取ったら駄目なんでしょう？　取ったら？」

ウメは仕方なく目隠しをしたまま手探りで立ち上がった。

確か玄関を入った左手にトイレがあったような気がした。

「ところがいざ、足を踏み出したら歩けなかったらしいんですよ」

人が倒れていたのだという。

「それもひとりやふたりじゃなくて……」

踏まれた人間は何の反応も示さない。

驚いた拍子に尻餅《しりもち》をつくと、明らかに人の上に勢いよく座ってしまったのだが、相手はそのまま何の反応も示さなかった。

「その時になって初めてヤバい！　と思ったらしいんですよね」

ウメは目隠しとヘッドフォンを剝《は》ぎ取った。

部屋のなかには男女十人ほどが倒れていた。

みな、顔面は蒼白《そうはく》で吐き戻している者もいたが、既にみな呻《うめ》き声ひとつあげていなかった。テーブルの上には新聞紙の上に山盛りにされた薬と、ジュースにビール。

それとメモと金があった。

〈ご協力感謝。これは謝礼です、受け取ってください。我々は五次元の牛命を得る旅に出ます。テーブルの上の鍵《かぎ》を使って部屋をロックしてください。他人に新牛の邪魔をされては困るのです〉

「ウメは言われたとおりに部屋の鍵をかけると金を貰ってきたらしいですよ。明らかに全員、薬を飲んで心中したんじゃないかって……ええ、そう見えたって言ってました」

後日、あの男から着信があった。

「前回は失敗しましたが、今回は完遂できそうだから、また頼むっていう連絡だったらしいですけれど……。なにか生まれ変わるためには地球に残した身体を移動させてはいけないんだそうで、それでウメみたいに鍵をかけて出て行く人間が必要だったんだそうです。それにリーダーなんですかね、その男はみんなが準備していった後で、最後にひとりだけで作業するのはちょっと寂しいからとも言ってたそうです」

さすがにウメは拒否した。

それ以降、彼らがどうなったのかは知らないという。

# 粗品

臭い人だったという。

「エレベーターでいつも会うんですけれど、妙な匂《にお》いがするんですよね」

田中さんのマンションは近所付き合いが全くなかった。

女は三十半ば。ある日、ゴミ置き場で女がしゃがんでいた。声を掛けるとお腹《なか》が痛いのだという。部屋番号を聞き、肩を貸して送り届けた。部屋には女だけしか住んでいないようだった。

翌朝、ゴミ出しに出るとまた女とエレベーターで会った。他に人はいなかった。

「ありがとうございました」女がポツリとつぶやいた。「お礼をしましょう」

「あ、大丈夫ですよ」

田中さんが笑うと女も微笑《ほほえ》んだ。

ただしスカートのなか、股間《こかん》から垂れた血が裸足《はだし》に伝わり、サンダルを落ちてエレベーターの床に溜《た》まっていた。

びっくりした田中さんがゴミを捨てて戻ると女はエレベーターのなかで待っていた。血だまりが広がっていた。

「生理なんです」女は微笑んだ。

五日ほどしてドアポストに大きめの茶封筒が突っこまれていた。切手も消印もなく「粗品」とマジックで書かれていた。

開けてみるとスケッチブックに十頁ぐらいで『ローソク犬ありがとうの冒険』という手《て》描《が》きの絵本らしきものが入っていた。しかし、絵も字もすべてドス黒い赤絵の具で描かれていた。

袋の底には血まみれの脱脂綿が入っていた。

# ジャム

「悪いんだけどお願い……」

宇津井さんの部屋に高校時代の先輩から電話があったのは今年の夏。

「知り合いで突然、ホテルをキャンセルされて困ってる子がいるの。一泊させてくれない？　悪い子じゃないから。どこにも泊まれないっていうの」

「はあ……。私はいいですけれど」

先輩にはいろいろと助けてもらった思い出があった。むげに断りたくはなかったという。

宇津井さんは近くの駅を教え、そこから歩いてすぐのコンビニで待ち合わせることにした。

「ほんとにありがと！　恩に着るから！」

先輩はそう何度も電話口でくり返し、何かあったら連絡をくれといった。

やがて宇津井さんは部屋を出た。

すでに時刻は十一時を回っていた。

コンビニの前に行くと大きな紙袋をもった三十女が駐車場の隅にいた。

髪の長い大柄な女だったという。

「……さんですか？」

宇津井さんが声をかけると女はもごもごと口を動かした。〝ええ……〟といったのかはっきりしなかった。

部屋まで五分程度の道のりだったが女はひと言も口をきかなかった。

「いやだなぁと思いましたけど……」

帰すわけにはいかなかった。相手は泊まる場所がないのだ。断るのなら別の泊まるところを紹介しなくてはいけないだろうし、先輩の顔を潰《つぶ》すことになるかもしれない、それよりなにより、宇津井さんには今から女を泊まらせてくれそうな知り合いはひとりもいなかった。

部屋に入ると女は黙ってサンダルを脱いだ。そしてそのまま部屋の真ん中に立つとジロジロと辺りを見回した。ふんと鼻をひとつ鳴らしたという。

「もうその時にはただ朝になったら出てってもらおうとばっかり思ってました。口論になるのも怖いから……」

明るいところでみると女の服装はあちこちがおかしかった。

「服は白い看護師のものでずいぶん汚れていました」

あちこちに茶や赤の染みがつき、長い間、洗濯をしていないようにみえた。背中まで伸びた髪だけが手入れされているようで、まっすぐに顔を隠すように垂れ下がっていた。

「明日早いんで。もう寝ますから」

あまり関わり合いになりたくなかった。宇津井さんは客用の蒲団《ふとん》を寝室の隣に敷くと顔を洗いにいった。

〈なんなんだろう……あの人〉

化粧を落としていると、人の気配がした。真後ろに女が立っていた。

「な！　なんですか？」

思わず大きな声が漏れると女は少しだけ笑った。

「あんた、この人知ってる？」

女は一枚の写真を手にしていた。ホストのような男が写っていた。

「いいえ」

すると女は顔を強《こわ》ばらせたまま、くるりと背を向け居間に戻っていった。

手早く顔を洗い終え、女の様子を見に戻ると居間の小さなテーブルの前でこちらに背を向けて正座していた。体が小刻みに揺れ、妙な息が漏れていた。

〈泣いているのかな〉

宇津井さんはそっと近づいた。

すると女は、ぱっくりと口を開いていていて声を出さずに揺れていた。

笑っていたのだ。

「その顔がなんだかものすごく怖くて……」

宇津井さんは携帯をつかむと、「缶ジュースでも買ってきます」と投げるように女に声をかけアパートの外に出た。

しかし、先輩は出なかった。何度かけ直しても留守録の案内になった。

仕方なく戻ると女はテーブルに座った姿勢のまま食パンを食べていた。かたわらにはジャムの入った大きなガラス瓶。もちろん、宇津井さんのものではない。女は口を動かしながら目だけで戻ってきた宇津井さんを追った。ジャムが赤い糸をひいて食パンごと女の口のなかにひきずりこまれていくのがはっきりと見えた。

「おやすみなさい」

宇津井さんはそれだけいうとベッドにもぐり込んでしまった。

朝になったら早めに出て行ってもらおう……居間の女のことが気になってなかなか寝付けなかったが、連日の仕事の疲れが出たのかいつのまにか眠ってしまっていた。

突然、胸が押し潰されるような苦しさに目を覚ますと、部屋の灯《あか》りが消えていた。窓から差し込む街灯が部屋のなかをボーッと照らし、自分の上に何者かが座り込んでいるのがわかった。

「なにしてるの!」

思わず宇津井さんが叫ぶと乗った者が〈ふふ〉と笑った。あの女だった。

と、笑い声の後にぶつりと音がした。

ぶつり……ぶつり……ぶつり。

異様な気配に宇津井さんは凍りついていた。体の上の重みが移動し、女の生臭い吐息が鼻にかかった。

と、そこでベッドサイドの灯りのスイッチが入った。女の顔があった。

が、それは先程の顔とは似ても似つかぬものであった。

「まち針で一杯になっていたんです」

女は自分の顔を埋め尽くすように針を差し込んでいた。血が細く幾筋も溜《た》まっては涙のように顎《あご》に向かって筋をひいていた。

「きゃは」

女は奇妙な声をあげると真っ赤な舌を出し、固まっている宇津井さんの頬《はお》をべろりと舐《な》めあげた。ぷんっと血の臭《にお》いが鼻をついた途端、宇津井さんの意識の限界が途切れ、気を失った。

翌朝、女の姿は消えていた。

〈とうめいにしてやるからな〉

寝室の壁にルージュで塗りたくった跡が残されていた。

宇津井さんは部屋の鍵《かぎ》をかけ直すと先輩に電話をした。

「そしたら先輩、ごめんねって……。なんでも今、遠距離恋愛している東京の彼に泊まらせろって狂ったみたいにしつこい女がいてマジ困るからそんなに泊まりたけりゃ妹のとこに行けっていうことで……」

宇津井さんを紹介したのだという。

「そんなにヤバイと思わなかった……」

先輩は済まなさそうに何度も謝った。電話を切るとテーブルの上にジャムの瓶が置き去りにされているのに気づいた。蓋《ふた》がずれていた。周囲には短い毛が貼《は》り付いていた。蓋と瓶の隙間《すきま》から目が覗《のぞ》いていた。思わず見直すと仔猫《こねこ》の頭だと気がついた。

宇津井さんは悲鳴を押し殺すとコンビニの袋に瓶を入れ、外廊下に出しておいた。次の回収日まで部屋の中に置いておく気がしなかった。二日ほどして帰宅すると袋がなくなっていた。数日後、彼女はアパートを引き払った。

だくしょん

「二、三年前、雑誌の仕事で一緒になって実家が同じ山口だったのと、わりと可愛《かわい》い子だったからメールを交換したの」

モデルのカオルは、その時知り合った〃カスミ〃という子の話をしてくれた。

「去年の春に会ったの。そしたら顔の雰囲気が違ったんで、どうしたの？　って聞いたら、ちょっとヤッちゃったって」

美容整形である。

「ギョーカイでは目や鼻を治すのはフツーだからどうってことないけど、彼女は元が良いから治す必要なかったのよ」

ハッキリいって前のほうが良かったとカオルは思った。

「その時は目元をいじってた。昔はモーコヒダが残ってたの。それが少しぼんやりしたソフトな印象だったの。彼女のキャラにぴったりだったのよ。それがそこを削って目を強調しちゃったから……」

　印象がきつくなり、目つきが悪くなったのだ。

「なんか変わったねぇって言ったら、社長が絶対、こっちのほうが良いって勧めるから断れなくなって……って本人も納得してないような雰囲気だったのね」

　それからしばらくしてカオルはカスミから実家に帰るというメールを受けた。

「確かに顔変えてからレギュラー下ろされたみたいだし難しくなっちゃったのかもしれないなとは思った。で、最後だからって食事をしたの」

　カオルはカスミを見て驚いた。また少し変わっていたのだという。

「口元を変えてたの」

　すっかり顔のバランスが崩れていた。

「また変えたの？　変えるの嫌だって……」

「社長から映画に出すつもりだって言われて……プロデューサーにコネがあるから絶対大丈夫だって」

　ただし、その役には少し印象が幼すぎると言われたのだという。

「えー？　でもちょっと信じらんないな。で、駄目だったからやめるんでしょう」

「直接じゃないけど、あそこにいたら私、別人にされちゃうなと思って……」

「どういうこと？」

カスミの事務所は所属モデル三人という小さな物だった。社長は女性で歳《とし》は五十前後。業界が長く、手堅くコツコツと商売をしてきた分、いろいろと裏のコネクションもあると聞いていた。

「うちは他の子とは会ったことがないの」

カスミはつい最近まで所属しているのが三人だけということも知らなかった。事務所側ではそういうことは一切、タレントに知らせず、それぞれが全く別々に活動していた。

「ちょっと雰囲気変えよっか？」

社長にそう言われたのが去年の春先、まだ寒さの残る頃だった。

「仕事の幅を広げるには絶対そうしたほうが良いって……」

彼女は目の手術をする決心をした。ところが術前に説明を受けていた仕上がりとはかなり違っていたのだという。

「思わず先生に文句を言おうとしたら」

一緒に診察室にいた社長が拍手して「すばらしい」と絶賛した。

「お金は社長が出してるし、すごいすごい！　ってほめまくるもんだから」

カスミは文句が言えなくなった。

そしてそろそろ夏になろうかという頃、「バランスを整える」という名目で鼻を、「大人の女性も演じられるよう雰囲気をつくるため」と顎《あご》を変えられた。

いずれも術前の説明とは違う仕上がりであったが必ず社長が絶賛し、彼女はしっかり確認しなかった自分が悪いのだと思いこんでいたという。

「でも、なんか変だって思ってた……」

ある日、彼女はアパートの階段を上りかけたところで不意に声をかけられた。

変な女だった。

「マスクとサングラスで顔を隠してたの」

ギョッとしたが相手の「少しだけお話しさせて」という声のトーンが安心できたので騒ぐことはやめた。

「カスミさんでしょ?」

相手はカスミの名前を知っていた。

「わたし、同じ事務所に所属してるのよ」

相手はそういうと自分の名前と社長の名前、事務所の電話番号などをそらで伝え、「あなた、あそこ辞めた方がいいわよ」と告げた。

「どうしてですか?」

「わかるでしょ……顔よ」

女の話は社長は所属タレントの顔を整形する癖があるということだった。

「それもキレイにするなんてあの人には関係ないの。あの人がしたいのはね、死んだ娘さんに似た顔に囲まれていたいだけなの……」

カスミは言葉を失った。

女がサングラスとマスクを外した。

似ていた。

もちろん、個々のパーツは別だが全体の印象はカスミが鏡を見て感じるものと大差がなかった。

「言葉がでなかったわ」

と、カスミはカオルに告げた。

「で、彼女はそのまま帰っちゃったんだけどね」

怖いでしょう……と、彼女は呟《つぶや》いた。

# 四つめ

桐生さんには大学時代から六年間付き合った彼氏がいた。

「もともとラグビーをやっていた人で」

真っ黒に日焼けした、いかにもスポーツマンといった彼だったという。

「私は中高一貫の女子校だったんで男性に対する免疫もないし、外見より中身重視なんてこともできなかったんです。で、結局、絵に描いたような彼に惹かれてしまって……」

ところが付き合ったのはいいが、とんでもない男だった。

「とにかく女癖が悪くて……」

学生時代はずっと彼の女性関係で泣かされっぱなしであった。

しかも、避妊に失敗したこともあった。

「堕ろすときも自分でこっそり行ったりして、あれ同意書に判子を付かなくちゃならないじゃないですか。仕方なく友だちの彼に頼んだりして……」

そうこうするうちにお互い就職することになった。彼女はしっかり良い成績を取っていたので希望の会社に入れたのだが、彼のほうは成績も奮わず、ラグビーでもパッとしないために就職浪人を二年も続け、その挙げ句、親戚《しんせき》の会社に父親のコネで入るという有様だった。

「もうその頃になるとだいぶ、わたしも魔法が解けてきていて。所詮《しょせん》、ラグビーでって言ってても普通の学生に比べればガタイがしっかりしているっていうだけの話で、やっぱり一流の学校の選手に比べると全然だっていうことがはっきりしたんですよね。学生時代は散々、自分の努力が足りないことを棚に上げて周りのせいにばかりしていたけれど、やっぱり社会に出たり、就活していくと、その辺りの甘さっていうのが透けて見えてきちゃうんですよね……」

大学卒業後は微妙にふたりの力関係が変化したという。

「だって、こっちは同僚でバリバリやっている人を毎日、目の前で見てるわけですから……。やっぱりそれと比べちゃうんですよね」

ふたりの関係は急速に終わりを迎えていたのだという。

「それで二年前の彼の誕生日が過ぎてから、別れを切り出したんです」

レストランで彼女の決心を聞いていた彼は黙っていた。が、外に出るといきなり泣き出したという。

「あの人が泣くなんて予想もしてなかったので、びっくりしましたけれど」

可哀想《かわいそう》だとは思わなかったという。

こうした結果を導いた責任は彼にも自分にもあるのだから、残念だけど仕方のないことだと彼女は思った。

「ところが二日ぐらいすると彼はケロッと電話をして来るんです。今度、いいレストランを見つけたから行こうとか、映画に行こうとか……」

まるで今でも付き合ってると言わんばかりだった。

「わたしもバシッと言えれば良かったんですけれど」

再び、彼が取り乱す様を見たくなかった彼女は、なんだかんだと理由を付けて誘いを断った。そんなのらりくらりが半年ほど続いたある日、彼女ははっきりと「もう別れてるんだから、こんな誘いはやめて」と告げた。

電話は唐突に切れた。

翌日、公園でぼんやり虚《うつ》ろな目をしている彼の写メールが送られてきた。

『ぼくは捨てられて、もう壊れてしまいそう……』

そういうメールが次から次へと連日、送られてくるようになった。

「本当は着信拒否すればいいんでしょうけれど……」

それはできなかった。

彼の写真は徐々に奇妙な形へと変化した。

最初は寂しげに公園で佇《たたず》んだり、思い出の品を部屋で手にしている姿だったが、徐々に自分が飲みに出かけた場所やトイレで放尿しているところなどが添付されるようになった。

飲み過ぎて路上に吐き戻しているところが動画で送られてきたりするに至って、遂《つい》に彼女は着信拒否にした。

すると彼はまた別の機種で送ってくるようになった。

「私の携帯は仕事でも使っていたので、番号を変えることはできなかったんです」

たまりかねた彼女が彼に電話をすると彼はまた別れていないといった調子で、どうでもいいような世間話をあれこれ続けた。

「もう関係ないから。電話をしてこないで。あなたには何の興味もないの」

彼女がそう言うと彼は『畜生、男ができたんだな』と唸《うな》り声を上げ、切れた。

そして、その電話を最後に彼からの写メ攻撃はなくなった。

「ほっとしました」

二ヶ月ほど経《た》った、ある日の夜。

携帯がメールの着信を知らせた。

見ると〈彼〉からだった。

〈かなしみ、かなしみ〉

メールにはそれだけ。

「写真のほうなんですけれど、ちょっと変だったんです」

それは連続して投稿されているのだが、一枚目はレンズを睨《にら》む彼。

二枚目は頬《ほお》が腫《は》れ上がり、三枚目はさらに傷を負っていた。

「彼は手に棒のようなものをもっていました」

それで自分の顔を殴っているようなブレた写真もついていた。

心配になった彼女は電話をしてみたが、返事はない。

留守録になってしまったという。

仕方なく放っておくと、さらにメールが続いた。

「一時間の間に二十通ぐらいきて……」

もうその頃には顔は血まみれだったという。

「おまけに段々、おかしくなってきているみたいで」

笑いながらナイフを口のなかに差し込もうとしているものや、舌を引き出してハサミで挟んでいるものなどが増えてきていた。

メールは次から次へと着信した。

着信拒否はできなかった。

そんなことをすれば逆上させてしまうような気がしたからだった。

とにかく明日になったら警察に相談してみよう思っていた。

「見たくはなくて放っておいたんですけれど寝る前にチラッとだけ見たんですよね」

その写真では裂いた頬の辺りの皮を指で押し広げようとして笑っている顔があった。

目が完全に狂っているように見えたという。

ゾッとして、彼女は携帯を見えないところに隠した。

その日は早々に眠ることにした。

「もちろん、ベッドに潜ってもなかなか寝つけませんでした」

就職してからの彼は運動もやめてしまったせいか二十キロも体重が増えてしまっていた。

丸々とした頬がぺろりとトマトの皮のように剝《む》かれていた写真がいつまでも脳裏から離れ

なかった。

何度も寝返りを打っているうちに、やっと眠ることができたという。


携帯が鳴っていた。

玄関脇の靴箱のなかに隠したのを思い出した。

……なんでこんなにハッキリ聞こえるんだろう。

そこで不意に目が覚めた。

部屋の隅がぼうっと光っていた。

それが携帯パネルのものだとわかったのは、それを持っている人間がパチリと音をさせて閉じたからだった。

彼だった。

ベッドサイドの薄暗い明かりの中でも顔が既に滅茶苦茶になっているのがわかった。

まるでズタズタにされた濡《ぬ》れた段ボールのように顔中からいろいろなものが飛び出し、垂れ下がっていた。

「おはよう」

彼は桐生さんが目を見開いているのに気づくとそう声をかけた。

のんびりした口調が不気味だった。

「最近、なんか映画行った?」

彼はそういってベッドの真横にやってきた。

唇の一方が大きく裂けて話す度に舌が傷口から覗《のぞ》いた。溢《あふ》れた血が顎《あご》の先で赤黒いつららになっていくつも下がっている。

彼女は声が出なかった。

「え? 最近、映画行ってるかってきいてんの?」

「い、いってない」

「なんで、好きだったジャン。彼とかと行かないの? 彼は嫌いなの映画」

彼女は首を振った。

「いないから……」

すると彼はジッと彼女の顔を覗き込んだ。

「嘘《うそ》はいうなよ。こんな顔にしちまうぞ」

「嘘じゃない」

すると彼は「あぁ〜あぁ」と泣き声をあげた。

「じゃあ、俺もアリだったんじゃん。じゃなによ、こんな顔にしちゃったのは。おまえが絶対に無しだと思ったからなのに……。それじゃ、アリだったんじゃん。そうだろ？」

彼女は黙っていた。

「おまえ、自分は何にもしてなくて勝手に俺が自分の顔をこんな風にしたと思ってるでしょ？　そうでしょ？　ね？　ね？」

彼はいきなり工事で使うようなカッターナイフを取り出した。

先に皮の残りが付いているのを彼が指で摘《つま》んで捨てた。

「でもね。違うんだよ。おまえは俺の心を既に滅茶苦茶に破壊。それは透明な見えない手で既にやってるの。この顔のこれだって！　これだって！　全部、おまえの見えない手がやったの」

そう叫ぶと彼は彼女にカッターを突きつけ、そしてゆっくりと握らせた。

「もうそれは、あれだな。透明じゃないよ。その手は」

彼はカッターを彼女の手ごと握ると自分の顔に近づけた。

刃がゆっくりと頬の厚い肉の下に埋まっていく、ジグジグとした感触が桐生さんの手に伝わってきた。

……うっうっうっ……。

呻《うめ》きながら頬を裂くと彼は一旦《いったん》、ナイフを抜き、また反対側を同様に彼女の手を握って切り裂いた。

「どうしてこんなことするの……」

彼女の問いに彼は答えなかった。

その代わり、反対側を向きながらなにやら作業をしている。

彼女は自分の手に彼の血と毛が付いているのを見つめ、気が遠くなりそうだった。

「真実の目をもつ男だ！」

突然、彼が振り向いた。

目の下に目がついていた。それは頬の切り込みに人形の目をはめ込んだ姿だった。

全部で目が四つ。

男は狂ったように笑い出し、顔を寄せてきた。

彼女は失神した。

「彼はそれからすぐ入院させられたみたいです。あちらのご両親もわたしのことは凄《すご》く嫌ってしまっているから、その後のことはよく判《わか》らないんですけれど、面会に行った学生時代の仲間の話ですと……かなり薬でおとなしくなってしまったようです」

桐生さんは、はーっと溜息《ためいき》をついた。

# 追っかけ

ツチヤさんは学生時代、追っかけをしていた。「当時、わたしはヘビメタの追っかけをやってて……かなりハマってたんです」

ツチヤさんいわく、東京・名古屋・大阪は基本だという。メンバーがテレビ局から出てくる時には、きゃーっと出待ちをし、彼らが翌日、大阪でライブをするという時には、そのまま深夜バスを使って、ひと足先に現地入りした。

お金もかかった。辛《つら》いなぁと思っていたところにカナコと知り合った。

「彼女は追っかけ初心者だったけど」

議員の娘で、お金はもっていた。

「財布を見ると、いつも二、三十万入ってるんだもん。びっくりしちゃった」

カナコはツチヤさんをしたってきた。「いろいろと教えてもらってる代わりに」と言っては食事をおごってくれたり、買い物に付き合うとツチヤさんの分まで一緒に払ってくれたりしたという。

「で、それからは遠征も怖くなくなっちゃったのね」

最初はカナコも深夜バスで通ったが、「体が痛いし、車内が臭い」という理由ですぐに新幹線。もちろん、ツチヤさんも一緒、支払いはカナコがした。彼女はお金に物を言わせ、メンバーへ高額なプレゼントをばんばんしたおかげで楽屋へも入れるようになった。

ところがツチヤさんは体調を崩してしまい追っかけられなくなってしまった。

二ヶ月ほどしたある日、カナコから電話がかかってきた。メンバーのひとりとデートしているというのだ。

「もうびっくりして代わってって言ったら、本物だったのね。お金ってすごいなぁって思ったわね」

カナコが会いたいと言った。

待ち合わせ場所に行ったが約束の時間になってもカナコがやってこなかった。

「もう帰ろうかなと思ったら」

すぐそばにいた女が肩を叩《たた》いてきた。

カナコだった。

「全然、雰囲気が変わっちゃってて」

頭は丸刈り。耳はもちろん、鼻、唇、眉尻《まゆじり》、舌にまでピアスだらけだった。

「もともと過激なバンドなんでメンバーも全身タトゥーとかいたんですよ」

見るとカナコの手首や胸元にもタトゥーがあった。ただし、それはお世辞にもうまいとは言えなかった。

「彼が入れるのよ。このピアスも」

カナコはメンバーの名前を口にした。「でも、話を聞いてみると完全に遊ばれてるみたいなの。そのメンバーには追っかけ公認の彼女もいたし。カナコはその人のタイプじゃないのよ。言えなかったけど……」

夕食を済ませ、時間も遅くなってきた頃、カナコが自分が泊まっているシティーホテルに来ないかと誘った。

「メンバーもライブが終わったら集まるのね。良かったら一緒に飲まない？」

めったにないチャンスだった。

ツチヤさんは少し考えるふりをしてからイイヨとうなずいた。

カナコが取った部屋は最上階に近く、とんでもなく広かった。

「だってキッチンがついていて風呂がふたつもある部屋なんて、わたし一度も入ったことないもん」

ツチヤさんはすすめられるままにワインを飲んだ。そして意識を失った。

気がつくと部屋は薄暗くなっていた。

ツチヤさんは自分が椅子《いす》に縛られているのに気づいた。口には猿ぐつわがはめられていた。大きな声が出せない。

少し離れた場所にカナコがいてテーブルの上で何かをしていた。彼女は手術で使うようなゴムの白い手袋をしていた。革の袋が広げられ、そこにメスと注射器、先端のとがった太い針、ピンセットや鋭い鉤《かぎ》のついたものが並んでいた。

カナコが革の横にある瓶の栓を抜くと脱脂綿に中身をひたした。

「あ、起きたの?」

うっとりと酔ったような顔で笑うとカナコはツチヤさんに近づき、眉の上を先程の脱脂綿で丹念に拭《ふ》いた。

ひんやりするほどに自分がこれから何をされるのか判《わか》ったようで怖かった。

「彼がね。全身タトゥーと全身ピアスの女とヤリたいっていうのよ。で、わたしもそれも良いかなって思って、頼めるのツッチーしかいないし。お願いね」

ツチヤさんが嫌々と頭を振っても全く気にせずカナコはアンプルを割ると注射器で中身を吸い上げた。

「動いたり、騒がなければ絶対に大丈夫だから……。わたしだって彼にやってもらったし、自信あるから」

ツチヤさんが首を振っているとカナコが殴りつけた。

「変になるのよ！　いいの！」

痛みに頭がボーッとした。顔面を殴りつけられたのは生まれて初めてだった。

すぐに眉の辺りがチクッとし、その後でグーッと何かがゆっくりと押し込まれるような感じがした。

針が抜かれ、カナコは麻酔が効いてくるまで黙ってツチヤさんの顔を眺めていた。

「ぞくぞくって、さしたげる。ぞくぞくってなるから。体に穴を開けると、ね」

しばらくして注射した箇所に触ると、

「うん、もう大丈夫」カナコはそうつぶやいて革袋から太い針を出してきた。

「動かないでよ。目に刺さっちゃうから」

カナコはツチヤさんの頭を後ろから抱えるようにすると眉の辺りに針を突き通そうと構え直した。

その瞬間、ツチヤさんは思いっ切り椅子ごと立ち上がった。

ガツンと鈍い音がして、カナコが床にぱったりと倒れた。

「もう後は夢中で……」

気がつくとタクシーに乗っていた。

彼女が父親に話すとカナコの父親である議員のところにどなりこんだという。

「で結局、かなりの慰謝料をもらったらしいんです」

ツチヤさんの実家は米屋で、しばらくすると大きな最新型精米機がやってきた。

カナコがいま、どうしているのか全くわからない。

バンドは数年活動した後に解散してしまったという。

# まよねず

「もうずいぶんと昔のことだから記憶も曖昧《あいまい》になってきてるけど」

そう前置きして河合君は話し始めた。

「当時、僕たちの小学校のそばに大きな松林があってね。その中に大きな屋敷が建っていた。何だか城みたいにデカかったように思うけど、建物がとにかく黒くてね。外壁も扉も屋根瓦《やねがわら》も、とにかくみんな黒いの。それも漆《うるし》のような光沢のある黒じゃなくて、何て言うか、煤《すす》けたような、つや消しの黒。昔は廃屋って多かったでしょう」

彼はそう言うと、目の前のコーヒーカップに口をつけた。

「元々その屋敷には、ちょっとおかしな一家が住んでいたんだ。僕たちが松林で遊んでいると、いきなり水をかけてきたり悪態をついたり。しかもそいつら、みんな変な顔なんだよ。顎《あご》が細くて目が離れていてさ。しゃべる言葉も早口でよく聞き取れない」

それでも逆にかまって貰《もら》えるのが嬉《うれ》しいのか、彼らはわざと怒らせるようなことをして遊んでいたという。

「でも僕が小学校の五年になったある日、そこは燃えちゃって。半焼だったんだけど、誰もいなくなっちゃったんだな。当然、それからは悪ガキたちの遊び場になったんだけど」

家の中は予想以上に複雑怪奇だったという。

「なにしろ行き止まりは多いし、廊下は曲がりくねってるし、部屋が三角になっていたりね。とにかく忍者屋敷のできそこないみたいに異様な造りだったね」

それに二階に井戸があるのだという。

「普通、ああいうのって一階にあるものでしょう……」

それがわざわざ二階に釣瓶《つるべ》の汲《く》み出しがつけてあるのだという。

「とにかく煤だらけだし、臭いし、不気味だしっていうんで、俺たち以外に入りこむ奴らはいなかったね」

で、ある日の放課後、河合君たちがいつものように屋敷のなかに入ると、妙な音がした。

「最初は風の音か何かだと思ってたんだけど……」

それは半地下から聞こえてきた。

「そこも変わってて、他が板張りなのに、そこだけ病院みたいにリノリウム張りなんだよね。で実際、隅に大きな骨だけになったベッドも捨ててあったし」

階段を下りる頃になると音が風ではなく、人の声だと気づいたという。

「仲間はびびっちゃって降りようとしないから……」

河合君だけが薄暗いなかに降りていった。

床には水が溜《た》まっていたという。

〈うっ……うっ……〉

声は奥の壁あたりから聞こえてきた。

「で、近づいたら」

壁には押し入れのような広い穴が掘ってあったのだが、そこで男がぼろぼろの布団にくるまっていた。

「うわって思わず声が出たんだけど……」

別に男に危害を加える様子はなかった。

ただ、ジッと哀《かな》しそうに彼を見つめていた。

「いままで言うホームレスみたいな感じだったね」

男は河合君に向かって何事かを呟《つぶや》いた。

〈ねえ……ねいず〉

「は？」

「まよねず」

男は微笑《ほほえ》んだ。

「まよね……あ、マヨネーズ？」

河合君の言葉に男は何度も頷《うなず》いたという。

「なんか妙な人だなとは思ったけど、なんか取り敢《あ》えず近くの店に行ってマヨネーズを買ってきて渡したんだよね」

男は何度も「ありがと」と呟いたという。

「でも、テレビみたいにそれで友情がどうこうっていう話には全然、ならなくって」

なんだかやっぱり不気味で臭いおっさんということで、子供は子供で勝手に遊ぶようになったのだという。

「それでも気になって、たまにおっさんを覗《のぞ》きに行ったりはしたな」

すると大概、おっさんは壁にもたれて笑っていて、彼を見ると「まよねず」とねだったという。

「でも、ほとんど出歩かないでそこにいたから、小便とかさぁ、溜まって溜まって」

とにかく日を追うに従って臭《にお》いが酷《ひど》くなったという。

「もう上の階にいても臭うぐらいでね」

男のあだ名はたちまち〈バイキンオヤジ〉に変ってしまった。

そんなある日、河合君はお腹《なか》が痛くなって学校を早退することにした。

「でも、なんか学校の外に出たら急に痛くなくなって」

あの松林の家へ寄り道することにした。

「そんな時間帯に行ったことはないんだけど」

あのオヤジさんが普段、自分たちの知らないところで何をしているのか見てみたい気があった。

「だから、そっと音を立てないように入っていったんだよ」

地下への階段は相変わらず鼻を刺すような臭いがしていた。

一歩一歩、ゆっくり進んだ。

臭気はいっそう激しさを増した。

「バイキンオヤジがいるのは気配でわかった」

オヤジがいる辺りから唸《うな》るような笑うような奇妙な声が聞こえてきたからだった。

河合君は黙って近づいた。

チャクチャク……。

そんな音が続いていた。

「で、それに交じってたまに何かを千切るような音もしてたんだ」

オヤジがいた。

彼は河合君に背を向けていたという。

チャクチャク……。

その音を近くであらためて聞いた途端、河合君はなぜかわからないが、背筋がゾッとしたのだという。

思わず後じさり、水たまりを強く踏んでしまった。

ぴちゃ。

その音が地下室のなかに響き渡った。

オヤジの動きが止まり、ゆっくりとこちらを振り返ったという。

右手に河合君が買ったマヨネーズが握られていた。そして左手には真っ赤な棒。棒の上にはマヨネーズが塗られていたが、それが棒の赤色とまだらになっていた。

「腕だったんだよ」

オヤジはいつもとは全く別の獣のような目で河合君を睨《にら》みつけながら、左手を口元に近づけると……囓《かじ》った。

チャクチャク……。

口元が音をたてた瞬間、オヤジがバッと飛びかかってきた。

河合君は反射的に駆け出していた。

階段で一度バッグを摑《つか》まれたが、思い切り振り回し、振り切ることができた。

「もうそっからはどこをどうやって帰ったかなんて覚えてない」

そのままの勢いで玄関に倒れ込むと、驚いた母親が飛び出してきた。

河合君は泣きじゃくりながら、いま見たことを母親にしゃべった。

すぐに警官が廃屋を捜索したが、既にオヤジの姿はなかったという。

「マヨネーズは何にでも合うっていうけどな……」

いまでも河合君はマヨネーズが苦手だという。

# 弁当繚乱

以前からこの種の話を収集していてぶち当たるのが、弁当や食にまつわるあれこれ。ただ、面白いようでいて単独の話とするにはパンチに欠けるので外していたのだが、今回、比較的面白いものも集まったので一気に並べてみた。話者はそれぞれの話によって異なる場合がある。

## 青木の弁当

中学生の頃、青木という同級生がいた。

小学校から一緒だったのだが、母が継母なせいか制服なぞもかなり汚れないと洗っては貰《もら》えず、あまり手をかけて貰っていない感じの子だった。

青木には妙な癖があった。弁当を決して他人に見せようとはしないのだ。

早弁でもないのに、アルミの弁当箱の蓋《ふた》を城壁のように立て、顔を埋めるようにして食べる。そして食べ終わるとパッと蓋をし、長い廊下をわざわざ端の方まで行って、水飲み場で弁当箱を丹念に洗うのだ。

ある時、私は部活の打ち合わせがあって教室に戻るのが遅れ、昼休みの食事時間終了間際になってから、慌てて教室に向かっていた。すると廊下の少し先を、青木の薄汚れた学ランが背中を向けて歩いているのが見えた。また弁当箱を洗いに行っているのだとわかった。

〈毎日まいにちご苦労さんなこった〉

そう思いながら水飲み場にいる青木の横を通り過ぎようとした時、奴がぽいと傍のゴミ箱に何やら投げ込むのに気づいた。

〈あれっ、飯粒みたいに見えたけど……?〉

私は好奇心にかられ、青木が去るのを隠れて待ち、そっとゴミ箱に近づいた。

捨てられていたのはやはり白米だった。

それもキッチリ弁当箱の形のままに捨ててあった。

〈もったいないことしやがって〉

何気なく、側《そば》に一緒に捨ててあった割り箸《ばし》で、四角い白飯をひっくり返してみた。

「うっ！」

思わず息がつまった。ギッチリと固まった白米の板だった。

その表面に砂で【きえろ】と書かれていた。

驚いていると白米の板がグニャリと折れ、ゴミ箱の中にベチャッと落ちた。

青木はああした書き付けのある白飯を裏返し、食べられるところだけで昼食を済ませていたのだ。

その後も青木は隠し食べを続けていたが、卒業間近に家の二階から落ちて亡くなった。

## 空弁

馬場はエキセントリックというか、キレると何をするかわからない奴だった。

例えば修学旅行でも、ちょっと気にいらないことがあると自分一人で帰宅してしまったりする。クラスメートの冗談にも本気で逆上し、時には女子の顔に上履きを叩《たた》きつけたり、窓から机を放《ほう》り投げたりした。

ある日の昼食時間のこと。馬場はその性格からいつも仲間の輪から離れ、弁当を食べていた。奴は購買部でパンを買ったことがなかった。どこまで本気だかけわからないが、他人の作った物なんて毒が入ってるかもしれないからな、というのがその理由。

普段はものすごいスピードで弁当を平らげるのだが、その日はなぜか箸《はし》が進まず、何やらブツブツ呟《つぶや》いていた。


「ねぇ、原君?」

その日の下校時、クラス委員の女子に呼び止められた。

「今日、馬場君ちょっとおかしかったでしょ?」

「ヤツならいつもおかしいけど、弁当の時のこと?」

そう答えると彼女はコクリと頷《うなず》いた。

「あたしね、聞こえちゃったんだ。あの呟き」

そう言うと真剣な表情で顔を寄せてきた。

「何て言ってたんだと思う?」

「さぁね……」

「彼ね。『ごめんね、ごめんね』って。空になったお弁当箱に向かって……」

普通に聞けば間抜けな話だが、馬場の日頃の言動を知っている身としてはゾクッとした。

何も入っていない弁当箱をあいつが真剣に見つめているのは……怖い。

「絶対おかしいよ。何かあるよ。で、あたしこれから馬場君の家に行ってみようと思うんだけど、原君、一緒に来てくれない?」

「げっ、俺が?」

一瞬躊躇《ちゅうちょ》したが、女子の頼み事でもあるし、好奇心もあったので一緒に行くことにした。

馬場の家は学区の外れの、沼や林の多い陰気な土地にあった。

家のそばに行くと人だかりがしていた。

立ち入り禁止のテープが貼《は》られ、警官が立ち番をし、野次馬を近づけないようにしていた。俺たちが呆然《ぼうぜん》としていると、近所の主婦らしい女がまくしたててきた。

「あんたたち、馬場君のお友達? おかあさんがねぇ、死んでたの。階段から落ちてたんだって! 今、警察が調べてんのよ!」

俺たちは顔を見合わせた。


「結局、表向きには馬場の母親は事故死ということになったんだけど……」

馬場はそれから妙に明るくなった。

その変化は周囲には歓迎されたが、俺とあの時の女子だけには強い違和感を残した。

警察の話では母親が亡くなったのは朝、それもちょうど、通学時刻にあたるという。

馬場は、たまに同窓会に出てきたりもする。

そんな時、いつか俺は「おふくろさんの事故の件なんだけどさ」と問い質《ただ》してしまいそうで怖い。

**おせっかい**

斉藤は鰹節《かつおぶし》を食べることができないという。

「ダシに使ったりするならいいんだけど、削りたてをそのまま出されるとだめ。お好み焼きやタコ焼きの上でカンナ屑《くず》が踊ってるようなのを見ると虫酸《むしず》が走るんです」

「なんでよ」

「実は……」

と、奴は口を開いた。

「高校の時の担任が体育教師で、こいつがとんでもない雑な男でさ」

ある日の夕方、照明が点《つ》いていない暗い食堂で、斉藤が売店で買った調理パンを食べていると、自分が顧問をしている部活が終わったのか、その担任がやってきたのだという。

「おまえ、そんなものだけじゃ栄養にならないぞ」

そう言うとその担任教師は、ジャージのポケットからビニールパックを取り出した。

「なんすか、それ?」

「鰹節」

担任はそう言うと、斉藤の食べているコロッケパンの上にぱらぱらと振りかけた。

「え? なんすか? コロッケに鰹節はないでしょう」

「馬鹿! タンパク質なんだよ。運動後にプロテイン摂《と》るのが最高のアスリート飯なんだよ。食ってみろ! さあ! 食え!」

教師の勢いに圧《お》されて、斉藤は調理パンを口にした。

じゃりじゃりした感触のなかに、かび臭さと妙な甘みが広がった。

「どうだ? うまいだろ?」

「はあ……」

「なんだ。気のない返事しやがって」

担任はそう言うと斉藤の手からパンを取り上げ、自分でもひと口食べたのだという。

「な? うま……げぇ」

担任は突然、床に吐き出したという。

するとちょうど、食堂の電気が点けられた。

「う! うぇぇ!」

斉藤は担任が落としたパンを見て声をあげた。

そこには小さな蜘蛛《くも》のようなものが、うじゃうじゃと山になって湧《わ》いていたという。

「後で聞いたら、夏の間ずっとポケットに入ってたパックだったらしいんですよ。ほんと思いつきで行動しやがったんですよね」

蜘蛛の正体は【ホコリダニ】というものだった。

担任は翌日、お詫《わ》びにと桃の缶詰を大量に持ってきたというが。

「持って帰るのも大変だし、部室に置きっ放しになりました」

いまもその桃缶は部室にあるという。

# B地区

六本木のクラブを貸し切ってフリークス系のショーイベントが催されたのは昨年の秋。

小田切さんはそのイベントへ記録カメラマンとして会場に入っていた。

「それはどちらかといえばビジュアル重視の集まりだったのですが、当日はSMにゲイ、女装、タトゥ、ラバーフェチといった各ジャンルのマニアたちのほかに、人体改造系のマニアもかなり参加していました。人体改造というのはモディフィケーションといってSMやピアッシングから発展したもので、耳など末端に金属を飾るという形からさらに変化の度合いを過激にしたものなんです。全身ピアスやリストカットもあるし、傷や火傷《やけど》の跡を模様として体につける人たちもいます。いわゆる身体加工の過激派なんですね」

会場全体は薄暗く、ステージの中央にのみスポットライト。

SM系のパフォーマーによる和装緊縛ショーに続き、ステージにあがったのは人体改造系のパフォーマー男性だったという。

彼はTシャツを脱ぐやいなや工業用カッターナイフを取り出すと、観客たちを挑発するように睨《ね》め回し、おもむろにカッターを自分の乳首にあてがった。

「傷つけるんだね？」

「いいえ。切り落とそうというのです」

さすがの小田切さんも「え？」と思った。

「そこまでのものはまだ見たことがなかったんです」

彼はシャッターチャンスを逃してはならじとカメラを構え直した。

「不思議なのは、驚いているのは自分ぐらいのもので……」

周囲の客は眉《まゆ》をひそめるでもなく、割と淡々と好奇心に満ちた眼《め》をしていたのだという。

やがて男性がカッターの刃を胸の一点に当てた。

長い一瞬が過ぎるとプッと赤い鮮血が彼の白い肌を伝わっていった。

「なんだか彼も周囲も奇妙なほど冷静なので、一種のマジックを見ているような錯覚に陥りましたね」

しかし、それがタネも仕掛けもあるマジックとは次元が違うということは、パフォーマーの額に次々と滲《にじ》む脂汗や、刃が進むにつれ蒼白《そうはく》になっていく表情からも確かだった。

刃は静かに皮膚に潜行し、乳首を削り始めた。

「途中で刃の切れ味が鈍ったのか……」

男はカッターをノコギリのようにギシギシと挽《ひ》き始めたという。

そこに至って観客のなかから溜息《ためいき》とも呆然《ぼうぜん》とも言える声が漏れた。

「十分近くかかったでしょうか」

男は乳首を切り取ったのだという。

胸には赤黒い肉の薔薇《ばら》が咲いたようになっていた。

男は震えながら、切り落とした乳首を観客によく見えるように手のひらに載せた。

次いで彼はカッターの刃をバーナーで焼くと、ドラムロールを要求し、タラララララララ……ジャン！　と音が止まった瞬間、それを傷口に押し当てた。

小田切さんのところにまで「ジッ」と蟬《せみ》が逃げ去るときのような音が聞こえたという。


「で、そこで終わりかと思ったら、そうじゃなくて……」

彼は切り取った乳首を高々と掲げたという。

「オークション！」

彼は叫んだ。

「切り取った乳首は五百円からの始まりでした」

呆気《あっけ》にとられた観客はまったくの無反応だった。

するとと男が突然、哀《かな》しそうな顔になり「え～。俺こんなに痛い思いしたのに～」と、こぼした。

途端に笑いが起こり、それを合図に競りが始まったという。

「そんなもの落札してどうするんだろうって……みんな思ってたと思うんですけれど、その場のノリでどんどん値が上がっていったんですよね」

千……千五百……二千……三千……三千三百……四千……五千……六千……。

すると遂に「八千！」という声が上がった。

「はい！　八千でました！　もうないですか？　僕のB地区！　だれか可愛《かわい》がってやってください！　お願いします！」

「五万！」

その声に会場がおお！　と、どよめいた。

「それまで奥のほうにいた老紳士だったんです」

彼の乳首は五万円でその老紳士に落札された。

「ありがとうございます！　どうぞこちらへ」

ステージに上がると老紳士は男に金を渡した。

そして男から、うやうやしく乳首を譲り受けたのだという。

「落札された気分はいかがですか？」

「旨《うま》そうでいいね」

そういうやいなや、老紳士は手の乳首を口のなかにポンと放《ほう》り込んで、こりこりと食べてしまったのだという。

観客は絶句した。

「甘くてコリコリしてて旨かったよ」

老紳士は引き攣《つ》った顔のパフォーマーの肩を叩《たた》くとステージを降りた。

「ある意味、あれがあの日、最強のパフォーマンスだったかもしれませんねぇ」

小田切さんは苦笑いした。

# 冬虫夏草

大森さんは製薬会社の開発研究員として、世界中の未開の地を飛び回っている。いろいろ面白い土産話や土産そのものを持ってきてくれる、貴重な友人だ。

そんな彼が、ある時、私に「ちょっと手を出してみろ」と言う。

指を揃《そろ》えて掌《てのひら》をカウンターの上に出すと、短い木の根のようなものをポトリと落とした。

「何これ?」

私はそれを手の中で転がした。乾燥しているのか、とても軽かった。

「冬虫夏草だよ」

大森さんはニヤリと笑った。

「うーむ気色の悪い」

「冬虫夏草は菌類に寄生された昆虫の死骸《しがい》だってことは知ってるだろ」

「ああ。蟻《あり》とか蟬《せみ》とかいろいろな昆虫のがあるんだろう」

「ふふ。でもな寄生されるのは昆虫だけじゃないんだ。あのな……」

彼は声をひそめた。

「あるアジアの田舎町へ、この間、出張したんだが、町と言っても村に毛がはえたようなもんで何もなくてね。休日になると暇で暇で仕方がない。で、退屈をもてあましていたら、宿の従業員の黄《ファン》っていうのが『社長さん、ひまね』って面を出すから、俺は奴を誘って部屋でビールを一緒に飲むことにしたんだ」

大森はそこでグラスに唇をつけた。

「暫《しばら》く、くっちゃべってたんだが段々に飽きてきてな。昼寝でもしようとしたら黄の奴、妙に名残惜しそうな顔をするんだ。変に思って『何か話があるのか?』と聞いてもハッキリせず、グズグズしているばかり。俺は呆《あき》れて席を立ちかけた。すると奴は辺りをうかがうようにして『社長さん、あなた外の人だから話すね。この国の人に言っちゃダメよ』と前置きして、冬虫夏草の話を始めたんだ」

黄はしきりに、昆虫だけに生えるものじゃないということ。それと宿主によって薬効が微妙に変化することなどを、熱心に語り始めたのだという。

「で、その筋に関しちゃ、俺だってプロだから、奴の話がでたらめなのか本当なのか、ある程度の祭しはついた。奴は本当のことを話しているようだった。つまり、単なる暇つぶしに話してるんじゃないということなんだ」

黄は昆虫ではなく、もっと大きな動物、例えばトカゲや犬猫でもしかるべき〝栽培〟方法をとってやれば、菌を植えつけることができると言った。

そして菌の苗床となる生物が高等になればなるほど、秘薬としての価値が高まるとも。

「俺はあたかも興味のないふりをして、ふーん、面白いねぇと言ったんだ」

すると黄は途端に興奮しだしたという。

「この国にはそういうシステムがあります。人を畑に使う人がいるんです」

大森は驚いた。

「人って何だよ？　って聞き返したら……」

黄はソッと自身の汗染みたシャツの袖《そで》をまくった。

そこはケロイドとカサブタと潰瘍《かいよう》が一挙に固まっているように見えた。

「もちろん、かなり治りかけてはいるんだけど……もう本当にひどい有様だった」

黄は自分も畑だったと呟《つぶや》いた。

「自分は冬虫夏草の栽培施設から逃げてきたと言うんだ。そこは監獄のような場所で、彼の他にも数人が捕らわれていたらしい。彼らは白い服を着た栽培業者から、皮膚に切り込んだ傷口に菌を植えつけられると言った。菌の種類はまちまちで、植えられると全身から臭いキノコが生えたり、斑点《はんてん》ができたり、体が真っ黄色に変色したりするらしい。おまけに何度もくり返されるうちに、全身の皮膚がとろけたピザみたいになるんだと。実際、黄の皮膚にも、根を抜いた跡が小さな穴になってぽつぽつと開いていた。死ぬまでくり返されれば、蓮《はす》の地下茎みたいになっちまうんだろう」

「で、その冬虫夏草はどうやって収穫するんだい？」

「それが、最初はちょこちょこ引っこ抜いたりするらしいが、あんまり苗床がボロ屑《くず》になっちまったら切り落とすんだと。腕なら腕。脚なら脚に目一杯植えて落としちまうと……」

案外、ダルマ女の噂《うわさ》ってのは、その辺りから出てきてるのかもしんないね……と、大森は呟いた。

カウンターに置いた冬虫夏草、そのイモ虫は人の顔に似ていた。

# 絆

中二の時、マリコは交通事故に遭った。

路地から自転車で飛び出したのだ。

「気がつくとベッド。あれって不思議。全然、記憶がなくなっちゃうんだよね」

頭蓋骨《ずがいこつ》にヒビが入ったらしい。

48時間以内に痙攣《けいれん》や激しい吐き気《はけ》に襲われたら場合によっては開頭手術しますと医師は親御さんに告げていた。

しかし、恐れていた事態は起きず、二日ほど昏睡《こんすい》したのだが目覚めてしまえば本人は至って元気だった。

マリコの病室は二階にあり、本来なら六人部屋なのだが、そのときは彼女の他に六十ぐらいの寝てばかりいる老婆がひとりいるだけだった。老婆は病室の入り口近くに、マリコは窓際にと離れて寝ていた。

「で、その頃から休憩室で会う子がいて」

　名をケイコといった。

「彼女は心臓の病気だとか言ってた。病名は忘れちゃったけど生まれつき穴が開いているって、その手術のために入院しているんだって」

　ほかに年の近い患者がいないこともあってふたりは急速に仲良くなった。

　ケイコは美術部のエースで特に漫画を描かせるとプロ並みだった。

「わたしも自分を主人公にしたショートショートを描いてもらったんだけど、マジすごくて。感動しちゃった」

　ふたりは互いの病室を行き来しながら自由時間のほとんどを一緒に過ごすようになり、看護師からは「姉妹みたいね」と言われるほどになった。


　それから数日経《た》って、ケイコの手術のための検査が始まった。

「手術の日、決まった？」

　マリコの問いにケイコは曖昧《あいまい》な笑みを浮かべた。

「なんかトラブったみたい。また手術が延期になっちゃった……。これで二回目」

「ええ！　マジ？」

ケイコは屋上のフェンスにもたれながらそう呟《つぶや》いた。最初の予定ではとっくに退院しているはずだった。

「なんか変な感じなんだ〜」

「なんか悪い病気にかかってるのかなぁ」

「どうして?」

「このあいだママが呼ばれて、病室に戻ってきたとき目が真っ赤になってたの。変に優しかったし……。気持ち悪かった」

その時、マリコはケイコの目つきに厭《いや》なものを感じたという。

「なんだろな〜」

「あんまり気にしない方が良いよ」

マリコはケイコをそう言って慰めた。

「ねえ。このまま一生、友達でいられるかなぁ」

不意にケイコが呟いた。

「いられるよ……大丈夫だよ」

「ふふ、ごめん、嘘。そんなこと、ありえっこないよね」

「なんでよ。お互いにそう思ってれば良いんでしょう」

「無理、そんなの。退院したら別々の生活があるもん」

「そんな変なこと言わないでよ。わたしは一生、友達でいられる」

「死んでも?」

「うん。当たり前じゃん」

マリコはケイコの強い視線に引きずられるかのように自分から宣言していた。

「わたしは死んでもあんたと友達」

ふたりは指切りを交わした。


その夜、突然、ぐっと首が強くひねられると、そのままもぎ取られそうな激痛で体が引きずられ、どーんと病室の壁に叩《たた》きつけられた。首はなおもありえない力で締め付けられていた。何が起きたのか理解できなかった。自分は消灯時間を三十分ほど過ぎたところまで音楽を聴き、いつものように寝た。

……ちぎれる。

首がものすごい力で引っ張られ、息ができなかった。と、そのまま意識がぐいぐい空中に吸い取られていったという。

「あっという間に死ぬ感じが降ってきて鳥肌がたった」

物音を聞きつけた看護師が部屋に殺到した頃にはマリコは失神していた。

「ケイコがわたしの病室から飛び降り自殺をしようとしたんです。ただし、ひとりじゃなくてわたしを道連れに……」

ケイコは寝ているマリコの首に包帯を巻き、その片方を自分の首に巻いてマリコの寝ているベッド脇の窓から飛んだ。

「途中で包帯が切れたから首の骨が折れなかったんだろうって言われた」

一階下の芝に墜落《ついらく》したケイコも腰を圧迫骨折したが助かった。

「彼女、わたしと約束した後、自分が末期癌《がん》で長くないっていうことをお医者さんと両親が話しているのを盗み聴きしてしまったらしいのね」

絶望したケイコは発作的にマリコを道連れに心中しようと思ったのだという。

ケイコは精神科に強制入院になった。

以来、一度も会っていない。

「約束を破っちゃったんで気にはなってるけど、捜す気にはなれなくて」

マリコはそう呟いた。

# 東京のおかあさん

「はじめは壁をどんどん殴ってきたりして怖い人だなと思ってたんです」

京野さんは高校を卒業すると上京し、都内の中堅文具メーカーの庶務課に勤めていた。住んでいるのは築四十年の木造アパート。引っ越して初めて一緒に上京した友だちを泊めた夜、壁が殴られた。

「怖いね」

友だちはそう言い、それからはあまり会話も盛り上がらず、ふたりは早々に眠ってしまった。

ところがある日、階段のところからゴミのペールを下ろすのを手伝ってあげると態度が一変した。

「わたしを東京のおかあさんだと思って」

女性は独り暮らし。年齢は五十後半、痩《や》せぎすだが顔は四角くエラが張っていた。髪はほぼ白髪。着ている服は地味で質素な暮らしぶりがうかがえた。

「あ、ありがとうございます。よろしくお願いします」

とっさにそう応《こた》えていた。

それから女性は度々、京野さんの部屋を訪れるようになった。

「来るときには必ず本人の作ったおかず持参なんです」

女性は洗い物になるからと京野さんが食べ終わるまで部屋にいた。

気がつくと週に四日以上、女性がやってくるようになっていた。

気が重くなってきた。

彼女は意識的に女性を避けるようになった。今まで断っていたカラオケに同僚と行ったり、映画を見て時間を潰《つぶ》してから遅く帰宅するようにしてみた。

すると宅急便や急用時の連絡用にと教えていた携帯に電話がかかってくるようになった。

「こんな遅くまでなにやってるの！」と、それは本当に母親が叱るような言い方だった。

迷惑だった。

ある夜、帰宅すると隣のドアがおもむろに開き、女性が廊下に飛び出してきた。

「淫乱《いんらん》！　子供でも堕《お》ろしてきたのかと思ったよ！」女性はそう言うと京野さんをビンタした。

「なにするんですか!」

「ご両親の分だよ。このわがまま娘!」

女はそう吐き捨てると部屋に戻った。

「冗談じゃないわよ。なんなの」

京野さんは腹が立ってしかたなかった。しかし、通報しようとまでは思わなかった。そんなことをしてますます面倒なことになるのが厭《いや》だった。

翌日、女からドアの下に叩《たた》いたことを詫《わ》びる手紙が差し込まれていた。

女は娘を交通事故で失っていて、京野さんを見るとつい我が子のように思えてしまったのだと書かれていた。

京野さんは「自分もすみませんでした」とメモを書き、女の部屋のポストに差し込んでおいた。

すると女は以前にも増して来るようになり、京野さんの部屋にいる時間も長くなった。

女は京野さんの友だちがやってきても帰る素振りをみせず、自分で買ってきたお菓子を食べながらテレビを見ていた。

「で、やっぱこれはおかしいと思ったんです」

京野さんは、きっぱりと断るようにした。女がにやにやドアを叩いてもチェーンをして対応し、「今日はひとりでいたいので」と告げた。

するとは「何かあったんじゃないか?」とドアの向こうで詰め寄った。

「なにもありません。本当です」

「悪い道、都会の誘惑に負けるんじゃないよ。東京にはまともな人間なんかひとりもいやしないんだから……。特に女なんかボロボロにされて売春させられるんだから。どんな大企業だって売春させるんだからね。絶対に売春しちゃだめよ。男はみんなうまいこと言って女に売春させたがるけれど口車に乗っちゃダメ!」

京野さんは大声でまくしたてる女の声を遮《さえぎ》るようにドアを閉めた。

翌日、会社に着く直前、肩を突かれた。

女がにやにや笑って立っていた。

「おはよう、ここが売春をさせてる会社なんだね。厭なことは厭って言うんだよ。わたしが守ってみせるから……」

突然、現れた女の姿に京野さんは面食らい逃げるようにしてその場を離れた。

午後四時、面会者が受付に来ていると警備室から連絡があった。

女だった。

「あ、無事だったの? 良かった」女は京野さんの姿を見ると泣き崩れた。「全然、出てこないから厭なことをさせられてるんじゃないかと思って……」

周囲の視線がふたりに集まった。

その夜、京野さんは女を激しく問い詰めた。自分は全く干渉して欲しくないと宣言した。すると女は「そんなこと言ったたってだめよ。わたしはあんたの東京のおかあさんなんだから。ふん」と鼻で笑った。

京野さんはキレた。キレて口を極めて女を罵《ののし》った。「おまえなんか関係ないんだ」と怒鳴った。

女は余裕をみせるかのように微笑《ほほえ》みながらそれを聞くと「小娘が」と捨て台詞《ぜりふ》を残して出て行った。

翌日は無理に友だちを誘い、深夜に帰宅した。寝ているかどうか、女の部屋の電気の消えているのを確かめてから部屋に戻った。

服を着替えに寝室のドアを開け、電気のスイッチを入れると女がベッドに腰掛け、こちらを睨《にら》んでいた。

京野さんは悲鳴をあげかけて止め、女に近づくと今度は本当に悲鳴をあげた。

女は京野さんのベッドの上で頸動脈《けいどうみゃく》と手首を切って失血死していた。

壁には血で「おかあさん」とあった。

# ドM

「知り合いの刑事が教えてくれたんだけどさ」

守さんは都内で小さなカウンターバーをやっている。

気に入らない客とは一切、口を利かないけれど、好きな相手には商売そっちのけでいろいろな話を聞かせてくれる頼もしいオヤジさんだ。

「世の中にはとんでもない変態がいるよってボヤくんだよ。で、何があったんだって訊《き》いたらさ」


お嬢様学校で知られる都内のある私立高校の女生徒が淫売《いんばい》をした。

いわゆる、出会い系サイトで知り合った男とホテルに入ったのである。

「金額は自分で十万ってつけたらしい。最近は素人《しろうと》が勝手にカップヌードル作るみたいに淫売をやるから、いくら人手があったって足りねえんだ」

彼女は返信してきた男たちの中から安全で金を持っていそうな男と会うことにした。

「十万円の根拠は正真正銘の女子高生を抱けるっていうことらしくてな。そいつ、男に生徒手帳を保証書代わりに見せたらしい」

男は全国にいくつもの宝石店をもつという経営者で、都内の一流ホテルのスイートを借りていたという。

「いくら私立高へ行かせてる親だっていってもホテルのスイートを借りるような奴は少ないから、本人からすれば本当に足長おじさんを見つけたつもりだったんだろうな」

ふたりは世間話をすると一緒にサンドイッチとシャンパンの軽い食事をとった。

「で、娘っ子は何も知らず寝オチしちまうわけ。シャンパンには当然、睡眠薬が入ってるんだよ」

たぶん、男は部下を呼んだんだという。部屋から地下の駐車場へと運ばれた娘は、郊外にある男の別荘へと眠ったまま連れ込まれた。

「目が醒《さ》めたら、ベッドに手錠で手足を縛られ、身動きできないのさ」

女生徒は当然、愕然《がくぜん》とし、パニックに陥り、泣きわめき、命乞《いのちご》いをしたのだろうという。

「でもな、その男にとっちゃ、そんなことは聞き飽きた文言なんだよ。金で買う買わないは別として、そいつは欲求不満になると同じようなことをしてきてるからな」

小ぎれいな別荘。避暑地なだけあってオフシーズンの平日にやってくる人間は皆無と言っていいぐらい。

「そいつは卓上コンロを持ってくると、娘っ子のそばで火を点《つ》けたんだ」

男は小型のナイフを取り出すと、ゆっくり青い炎の上でそれを熱し始めた。

「それでぶつぶつといろいろ脅し文句を並べ立てたんだな。もうそれだけで娘っ子には充分だったと思う。なにしろやり方が何から何まで狂ってるんだからな」

男は突然、シャツをめくると腕を見せた。

そこはべこべこに凹《へこ》んでいた。

男はコンロに腕を近づけると焼き始めたという。

「そいつは自分の腕の一部をローストすると、縛りつけている娘に食わせた」

娘は抵抗したが、食べなければ目玉をえぐり出して山の中に埋めると脅された。

「で、食べたらしい。吐き出せば殺すと言われたそうだ」

ごくりと嚥《えん》下《か》すると、口の中に肉が残っていないか隅々まで調べられた。

「夜になるまで男は両腕、腿《もも》、指と食わせたらしい」

女生徒は再び、睡眠薬で眠らされ、気がつくと翌日になっていたという。

「それから昼すぎまで散々、体を弄《もてあそ》ばれたらしい。まあ、それにしても普通のやり方ではなかったが、肉を食わされるほどのことではなかった。まあ、市販されている変態ビデオに出てくるようなやり方でされたっていうわけだ」

夕方になり、女生徒は浣腸《かんちょう》させられ排泄物《はいせいぶつ》を取り上げられた。

「どうも男の本当の目的はそれだったらしい」

男は形がよい、色がきれいだとさんざんに褒めそやしたという。

「その後、娘っ子は大枚貰《もら》って解放されたらしい。当然、親はパニックになってるんじゃないかと思ったが、男の部下が娘になりすましてメールでやりとりしただけで安心しちまってたんだと。呑気《のんき》なもんだよ」

帰宅した娘は二、三日は黙っていたらしいが、やがて全《すべ》てを両親に打ち明けた。

「で、こっちにお鉢が回ってきたんだが……」

事情聴取の途中で被害届を取り下げると言ってきたのだという。

「まあ、こっちも強引に立件すりゃできないこともなかったが、やっぱり公《おおやけ》になれば娘は退学間違いなしだし、名前だって漏れるだろうしな」

世間体を気にした結果だという。

「でもな。その変態は別件で逮捕した。宝石商なんてのは真っ赤な嘘《うそ》でな。暴力団の二次団体に所属しているド変態で有名な男だったよ。もともとはドMとしてストリップやAVに出演したりしていたらしいんだが、それが高じてチンピラ時代には、てめえの女が浮気したのを恨んで、女の顔の皮を食ったりしたらしい。しばらくは出てこれないだろう」

「ほんと……最近は誰が何をしてるのか、リアルにわかんなくなってきちゃったよねぇ」

と、守さんは呟《つぶや》いた。

# 勧誘

「世界的に成果を上げているボランティアについて、ご説明にあがりました」

痩《や》せた三十女が薄いペラペラの印刷物を手に満面の笑みで立っていた。

「うちはけっこうです」

「五分で良いのです」

「いや、今、忙しいですから」

「良いお部屋ねぇ」

女はサヨリの部屋をぐるりと見回しながら声をあげた。どこにでもあるアパートの一室。

築二十年。

「何部屋あるのかしら」

女は上がり込もうとした。

「あの！ 私、出かけるんで」

女は「ちっ」と舌打ちした。「では、これをね、読んでいてください。タダでお預けしますから」

女はサヨリの結構ですという言葉を無視し無理矢理、紙束を置いて行った。

それから女の攻勢が始まった。

「朝といわず夜といわず、来るんです」

はじめの頃は断る理由もたくさんあったが徐々になくなってしまった。一度、はっきり断った。すると女は資料を返せと言い始めた。

「ところが私、部屋にいつまでも置いておくのが嫌で捨てちゃったんです」

結局、捨てたといえず、まだ読んでないと突っぱねた。

「それに顔を見せない時でもドアを誰かが蹴《け》っていくんです」

ドンッとやられると狭い室内では案外大きく響く。ドキッとする。次第にサヨリは情緒不安定になっていった。

「で、こんなに面倒なら一度、行けば済むかも……と思って」

遂《つい》に集会に出かけた。場所は小さな雑居ビルの一室。入ると部屋中の人間が拍手をしながら握手を求めてきた。

「なんか支部長とかいう人から……」

教典を渡され、隣のブースで読むよう指示された。

「質問があったら何でも言って下さい」

そこは半畳ほどのスペースでパイプ椅子《いす》がひとつ。小さなライトがあるだけの暗室だった。教典はイラストと共に神の審判が下り地球が滅びるなどということや神の未来について書かれていた。二時間ほどブースに閉じこめられた後、ごちゃごちゃと質問されてから解放された。妙に頭が疲れていた。脳の奥が熱をもっているようだった。

「風邪《かぜ》の引き始めのような感じでした」

自宅に戻ると妙な臭《にお》いがしていた。

「香のような臭いでした」

電気を点《つ》けると白い壁が黒い。

「なにこれ?」

壁に字が書かれていた。教典の文章だった。それがびっしりと書き込まれていた。さらに奥の部屋には仏壇のようなものが設置してあった。扉を開くとなかに本尊のようなものが見えた。

彼女はその日は実家に帰り、翌日、父とともに自宅に戻った。室内のものは父が処分し、業者にクリーニングさせた。ドアポストには何枚も女の手紙が突っこまれていたという。

今でも都内に出ると見つかるようで怖い。

是舍利子是諸法空
不增不減是故空中
耳鼻舌身意無
無意識界無
所得菩提薩埵依

# 復讐ババ

ヨリコが待ち合わせ場所の公園に行くとまだ相手は来ていなかった。

「なんだよ、バックレかよ……」

掲示板で知り合った男の写メは彼女好みだった。

「けっこう、期待してたからガッカリ度も大きくって」

諦《あきら》めて帰ろうと立ち上がった途端、中年の女が声をかけてきた。

はいと返事をすると女は待ち合わせしていた男の名前を言った。

「ちょっと話があるの」

女は有無を言わせぬ態度で彼女の手を取ると人気《ひとけ》のない場所に連れて行った。

「座って」

女はベンチを指差し、ヨリコが座ると彼女の膝《ひざ》にアルバムを置いた。

「見るが良い」

「なんですか？　彼、来ないんですか？」

「見るが良いわよ」

女は完全に目が飛んでいた。

アルバムは赤ん坊が風呂に入っているところから始まっていた。

幼稚園の遠足、小学校の運動会、修学旅行、中学校の部活動……。待ち合わせた男の写真ばかりだった。

「逃げようかなと思ったんですけれど、ほんと近くに人がいなくて……」

女はヨリコの背後に立ち、まじめにアルバムを見ているか監視していた。

「写真は確かに待ち合わせした男の小さいときからのやつだったんですけれど」

アルバム台紙のところどころに血のようなものをなすった跡や髪の手が貼《は》りついていて気持ちが悪かった。

「わたしはね。あの子をこんな風にさせた女を捜し出して……」いつのまにか女は手にスタンガンを摑《つか》んでいた。

最後のページは葬式。祭壇に男の顔があり、その横に号泣する女の姿もあった。

「あんた！　ヒロミでしょ？」

突然、バチバチバチバチと感電したような音が響き渡り、彼女は飛び跳ねた。

「嘘《うそ》だね。本当はヒロミだ。わたしの子を自殺させた女だ」

「知らないよ!」

彼女はアルバムを女の顔に叩《たた》き付けると駆け出した。携帯メールが入っていた。

『ヒロミに必ず仇《あだ》は討つと言っておきな』

それはいままでやりとりしていた〈男〉のメアドであった。

「わたし、あんなおばさんが成りすました男と一生懸命メールしてたのかなと思うと虚しくって」

以来、ヨリコは掲示板で恋人を探すのは止《や》めてしまった。

# 田代、今日は

「世の中に偶然ほど恐ろしいモノはないね」

商社に勤める田代さんは虚《うつ》ろな目をしてそう言った。

彼は四十代前半、働き盛りを絵に描いたような男で商社マンという職業柄、世界各国を股《また》にかけていた。

「昨年の九月にね、俺は中東のある都市を訪れた。例の戦争の影響でキナ臭い雰囲気が無いわけでもなかったが、そんなことにかまっちゃいられない。向こうはすごい建築ラッシュでね、文字通りのスクラップ&ビルドなんだ。建築関係の技術指導をしたのさ」

そう言うと太い腕に巻かれた時計をチラと見た。オメガのシーマスターだった。

「そこじゃ予想外にいいホテルに泊まることができてね、快適だった。飯もうまいし、酒を飲めるのがありがたい。で、近所の飯屋で一杯やってたら、面白い男が現れてさ」

むっつりしたアラブ系の男が多いなか、彼は妙に愛想が良かった。

「カタコトの日本語をしゃべるんだ。オマットサンとかシャーナイナとか、ちょっと外国人が口にしないようなやつをさ。俺は面白くなって、よくそいつに飯を奢《おご》ったんだ」

その男はいつも愛想がよかった。

「そんなこんなしてるうち、いよいよ明日は帰国ということになった。晩飯食いながら俺がそれを伝えると、急に奴の口からブッシュとかジェイタイとかいう言葉が出始めたのさ」

国内外を問わず、飲食時の政治や宗教話はタブーである。

田代氏は苦笑しながら、やんわりと話題を変えようとしたが、なぜか男は執拗《しつよう》に戦争周りの話をしたがった。

「今までと違う妙なネチっこさでね。俺もちょっと気味が悪くなった。それでも社交辞令のつもりで、彼らに同情するようなニュアンスで話を切り上げたんだ。今まで楽しい時間をありがとうなって。そしたら今日は面白い場所に連れて行くっていうんだ」

もともとスタミナと好奇心は旺盛《おうせい》な田代さんは、その申し出を受けた。

「まあ簡単な話が売春窟《くつ》みたいなものに招待されたんだけど、もちろん女を買う気はなかったしね。なにか話のタネになるようなものを見つけられればいいなと思ってたんだ」

車を降り、迷路のようななかを行き来した。

暫《しばら》くすると男は一軒の小さな店に田代さんを案内したのだという。

「で、また馬鹿話をしていると、突然外が騒がしくなってね」

男の悲鳴が上がっていた。

見に行くと、路地の隅で外国人らしい男が現地の男たちに殴り倒され、山刀で手首を切り落とされたのだという。

「いや、俺、びっくりしてさ。もう一瞬なんだよ。予防注射するみたいにスポン。それでおしまい。後は『おうっおうっ』っていう、切られた男の切ない悲鳴がずっと続いていてさ」

さすがに一緒にいた男も顔色を変えていたが、どうもそこはそうしたことが日常茶飯事に行われる熱い場所でもあったらしいという。

「帰ろうか」と田代さんが言うと、今、慌てて出るのはまずいと男は言った。

「テキダトオモワレマス」

見れば土壁でできた店のあちこちに、染みのような赤いものがついていた。

「何かの塗料だと思ってたんだが、どうやら血らしいんだよな」

それからふたりはぬるいビールを四、五本飲んだのだという。

すると新しく入ってきた客のひとりが彼らのなかに加わってきた。

男はその客に妙に気を遣っていた。

「たぶん、顔役か何かなんだと俺にはピンと来た。そいつは逆らってはいけない人間なんだな」

男は暫く話した後で田代さんを紹介し、また客のことを手で差して日本語で紹介した。

「タシロコンニチハ」

「は？っと思ったね。ここにもタシロなんて名があるのかと思ってさ」

田代さんは思わず「あんたも田代さん？」と訊《き》いた。

すると客はわけもわからず、そうだそうだと頷《うなず》いて見せたという。

暫くすると、もっと面白い店に連れて行ってやると客は言った。

「俺が一緒なら安全は保証する。その代わり、世界中のどこにもない凄《すご》いものをみせてやるって……そんな感じのことを言ったんだよ」

田代さんは客の雰囲気に好印象をもった。実にさばけた感じだったという。

「どうしようかな」

田代さんが男に「行ってみるか」と目顔で尋ねると、急に彼が握手をしてきたという。

「やつ、いつ書いたのかわからないんだけど、小さな紙切れにメモ書きしててね」

【タシロコンニチハ】

と横書きで書かれてあった。

「わけわかんなかった。奴の様子から、冗談で笑わせようとしている風には見えなかった」

男はやがて会計を済ませてくると、心配そうに田代さんを見つめた。

客は、もう車を呼んであるから次の店に行こうと誘ってきていた。

「タシロコンニチハ」

男がもう一度、そう呟《つぶや》いた。

「その時、俺、店に貼《は》ってあるミミズが這《は》ったようなメニューの紙を見て、神の啓示というか蜘蛛《くも》の糸というか……あることにハッと気がついたんだよ」

アラビア語は右から左へと読むのである。

田代さんはゆっくりと二度、男の言葉を確認し、客を指さし「タシロコンニチハ」と言うと、男は大きな笑顔で頷いた「タシロコンニチハ」。

わけのわからぬ客も声を揃《そろ》えた。

「タシロコンニチハ」

田代さんは客に米ドルで千ドル渡すと、大使館に戻らなくてはならないと外交官のふりをして、その場をなんとか立ち去った。

「もう店を出て少しすると猛ダッシュしたよ」

ようやくタクシーを見つけて町を離れた時に、

「野郎、『ヨカッタヨカッタ』って、男のくせにシクシク泣き出しやがった」

それを見て初めて、本物の恐怖がやってきたのだという。

「もしかしたら俺も、手首どころか首を持って行かれたかも知れないと思ってね。本当に恐ろしかった」

翌日、男は空港まで見送りに来てくれたという。

田代さんは持ち金のほとんどを男に渡した。

「また逢《あ》おうと約束したんだがな。いまはメチャクチャに破壊されてしまった。あの町もきっと跡形も無くなっているだろうね。いつか事態が落ち着けば、もう一度、行こうと思ってるよ」

と、田代さんは呟いた。

# レディースデー

去年、今野さんは彼と深夜のドライブ中に暴走族に遭遇した。

「あっという間にサイドミラーが壊されたんです」

びっくりしたが相手が男ではなく、レディースだけだと知った彼は「ちくしょう！」と逆上し、一台のバイクを猛烈にあおると転倒させてしまった。

「あっ、と気がついたら、もう囲まれてました」

車は囲まれたバイクに誘導される形で人気《ひとけ》のない倉庫街に連れ込まれてしまった。車が止まった途端、フロント硝子《ガラス》が金属バットで叩《たた》き割られ、破片がふたりに降り注いだ。

彼はドアから引きずり出されるとバットでさんざん殴られ、路上に伸びてしまった。今野さんも私刑《リンチ》をされるかと思ったがレディースのリーダーが「女は乗ってただけだから」と他のメンバーが手を出すのをやめさせた。

彼は下半身を露出させられ、性器を剝《む》き出しにされた。リーダーがソレを揉《も》んで硬くするとマヨネーズの容器に似たものを取りだし、中のゼリーをかけ始めた。

「あんたのチンポをローソクみたいに真っ黒に焦がしてやるよ」

リーダーはバーベキュー用の固形燃料だと言った。

彼は真っ青になって抵抗したが抑えられて身動きできなかった。

「やめろ！」彼が絶叫し、リーダーはライターを先端に近づけた。

火が移ったかのように見えた瞬間、彼が身をよじりながら放尿した。

すると火の移った部分だけがリーダーの髪にポンッと飛び、あっと言う間に髪がたいまつのように燃え始めたという。

一瞬にして全員がパニック状態になり、その隙《すき》に彼は車に乗り込むと今野さんとともに逃げ出したという。

気がつくと彼のソレにも火がついていた。「消して！　消してぇ！」

ハンドルを離せない彼の代わりに今野さんが必死になって吹いたり叩いたりして消した。

いまでも彼のソレには痕《あと》が残っているという。

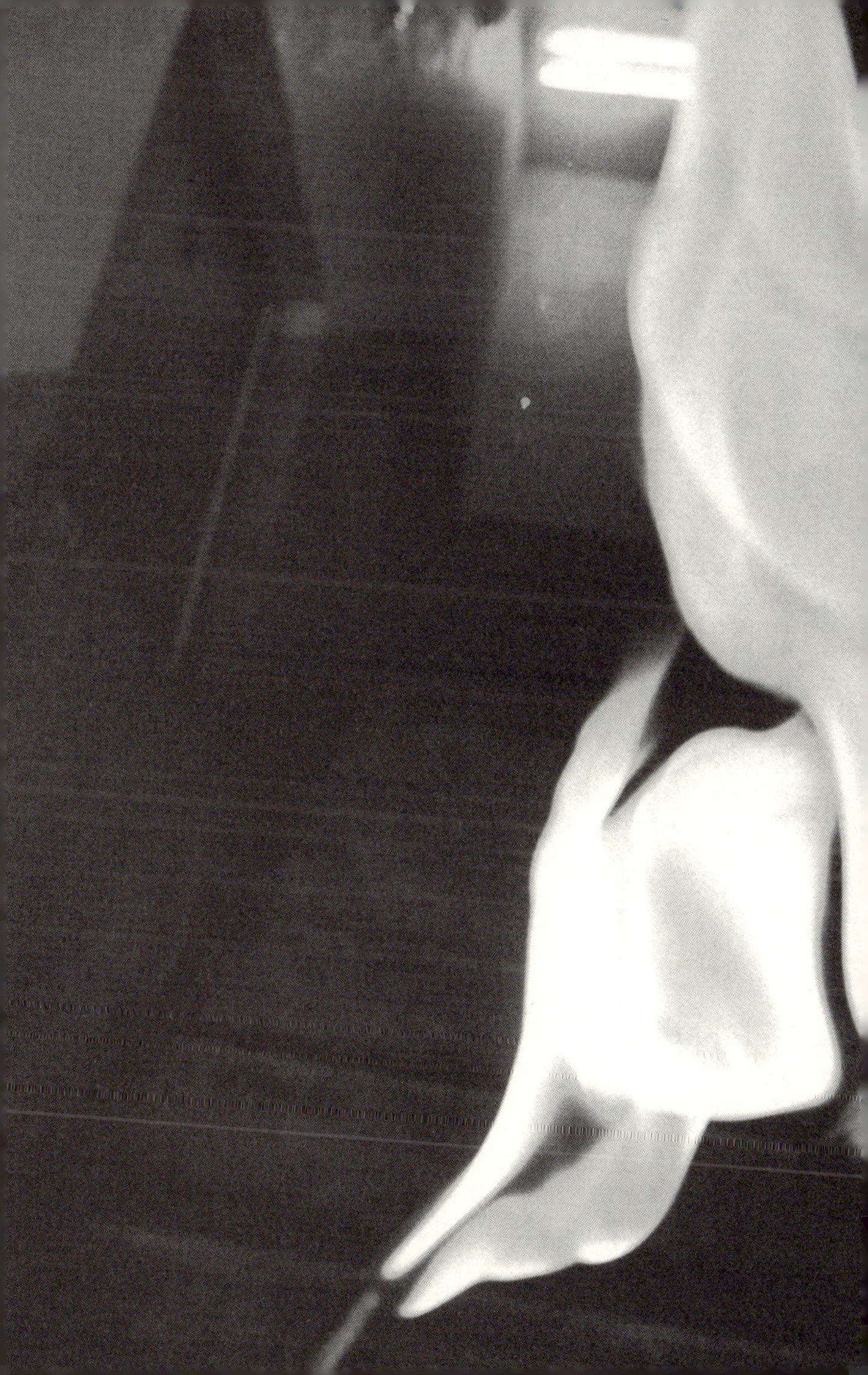

# 山賊

大仁田さんは以前、人気《ひとけ》のない山道を走っていたところ、突然、人が飛び出してきて撥《は》ね飛ばしてしまったことがあった。

「大丈夫ですか？」

真っ青になって車から出て、倒れている人に駆け寄ると、ナイフを持った数人の男が物陰から現れ、財布や携帯を取られてしまい、自動車も盗まれてしまった。

「撥ねたのは、マネキンみたいな服を着せられた人形でした」

通報する手だても無くなってしまった大仁田さんはしかたなく山道を二時間かけて降り、近くのガソリンスタンドから通報した。

「ああ、またですかって言われましたよ」

判《わか》ってるなら捕まえりゃいいのにと彼は呟《つぶや》いた。

ちなみにスタンドの青年は彼を見るなり〈また山賊ですか？〉と訊《き》いてきたという。

# ツレコン

タカミが友だちのヒロミから大学の学園祭に行こうと誘われたのは去年、高二の時だった。

当日、敷地内はすごい混雑だった。狭い通りには、ずらっとサークルの模擬店が並び、じゃがバター、とうもろこし、焼きそば、焼き鳥、たこ焼きの香りがただよい、また、即席の居酒屋のようなものもひしめいていて、それらの店の人間がなんとか客をひとりでも引き込もうと通りで大声で客寄せをし、腕を引く、そこへすでに酔っぱらった学生がなだれ込んでクダを巻いたり、笑い転げたりと辺り一面ごった煮のような状況になっていた。

「で、気づくと五時過ぎてたんだよね」

都心と違ってその大学がある山の空気は夕方になるときゅんと冷え込んだ感じになった。

そろそろ本気で回らないとなんとなく欲求不満で終わってしまいそうだった。充分に学園祭を堪能《たんのう》したっていう感じになる〝核〟になるようなものを見てみたかった。体験してみたかった。

ふと気がつくとイケメンふたりに誘われていた。

「ドライブ研究会っていうのね。なにそれ？　って聞くと、お客さんをドライブに連れて行って楽しませることで、実際、彼女とドライブデートした時に失敗しない技を研究する会なんだって……」

男はふたりとも優しそうでモテそうな感じだった。ひとりは細身で長身、ひとりは背は普通だが筋肉質でがっしりしていた。指が長くてきれいだったという。

正直、足が疲れていた。どこかに座りたいし、かといって校内で落ち着ける場所はどこも歩き疲れた人で一杯だった。

「時間は三十分コースで五百円。一時間コースで千円。ここから出発して山沿いをドライブしてダムを見て戻るんだ」

長身の男が胸からさげたプラカードを指して説明した。

そこには「夢のツレコン・ツアー！」とあり、コースについて簡単なイラストで説明してあった。

「やってみよっか？」

ヒロミの言葉にタカミはうなずいた。

その場でお金を払うとふたりは学校の外に停《と》めてあった外車の後部座席に乗り込んだ。車はゆっくりと動きだし、ものの二十分ほどで山に入った。車は頂上付近で未舗装の林道に入った。

「抜け道。あのまま下りると国道の渋滞に巻き込まれちゃうからね」

助手席の筋肉質の男が説明した。

するとと突然、長身の男が叫んだ。

「ごめん！　ちょっと小便！」

「なんだよ、おまえ。きたねえなぁ」

ふたりに手を合わせながら男は林のなかに消えていった。

「ところがなかなか帰ってこなくて」

「探してくるわ」と、もうひとりも降りてしまった。妙なことに男たちはいくら待っても戻ってこなかった。

「すみませーん！　すみませーん！」

車を降りるとふたりは暗い林に向かって声をかけ、「帰りますよ～」と叫んだ。

「もう行こうよ……」

ヒロミがぽつりとつぶやいた。

周囲に急速に闇《やみ》が迫ってきていた。

ふたりは歩き出した。

と、ヒロミが突然、足を停めた。

「どうしたの？」

返事はなかった。

凍ったように一点を見つめているヒロミの視線の先をタカミも追った。彼女は目の前の林を凝視していた。

顔がなっていた。

木立の脇から、ずらっと並んだ顔が自分たちをギラギラした目で睨《にら》んでいる。

「うへへへへへへへぇぇー」

林のなかに不気味な笑い声が響き、それを合図に何人もの男がふたりに向かって飛び出してきた。

みな全裸だったという。

ヒロミが車に向かって駆け出すとタカミも後を追った。心臓を吐き出しそうだった。

「どうするの？　どうするのよ」

車に駆け込んだふたりはとりあえずドアをロックした。

周囲を裸の男たちが取り囲み、車を揺すり、窓ガラスに顔をおしつけると舌で舐《な》めあげた。いつのまにか男たちは大声をあげていた。

「犯せ！　犯せ！　犯せ！」

ふたりとも声をあげて泣いた。

すると男たちを掻《か》き分けて長身の男と筋肉質の男が現れた。

目つきが変わっていた。「開けろよ」長身の男が言った。

キーは車についていた。

「電話！」

ヒロミの声にタカミが携帯を取りだしたが【圏外】だった。

「だめ！　ケンガイ！」

すると長身の男がニヤニヤしながらポケットからスペアキーを取りだし、ドアに差し込もうとした。周囲から「おーっ！」と歓声があがった。

「ああ、もう駄目だと思った。もう犯《や》られちゃう……輪姦《まわ》されちゃうと思った」

その時、ヒロミが運転席に座るといきなりエンジンをかけ発進した。

「いきなり人間がボンネットに乗っかって、それからぼこんぼこんって人間の当たる音と叫び声が聞こえて……」

ヒロミはそのまま男たちをはね、轢《ひ》くと林道を突っ走った。

山を下りた所でふたりは車を捨てて、逃げ帰ったという。

「車の前が、ぼこぼこで、血もついてた」

ニュースにもならず新聞にも載らなかった。

ヒロミは自動車の整備工場をしている実家の手伝いで、たまにお客さんの車を移動させるので運転ができた。

「怖かったねえ」

「面白かった。人を轢くゲームみたいで」

タカミの言葉にヒロミはつぶやいた。

# 溺れ溺られ

「去年の夏のことでした」

大里さんは友だちと海に出かけた。

「友だちは何だか焼くのがメインで、あんまり海に入ろうとしないんですよ」

中学高校と水泳部でもあり、泳ぐことが好きだった大里さんは甲羅干しばかりでせっかくの休日を無駄にしたくなかった。

「あたし、泳いでくる！」

そう言うと貸しボディーボードを片手に海に出た。

「とにかく思い切り波を掻《か》きたくて、うずうずしていましたから……」

思っていた以上に沖に出ていたのだという。

それでも最初はボードに摑《つか》まり、うきうきしていた。

「沖に出ると、ほんとうに静かなんですよ。波の音しか聞こえない。日が体を焼くのも、丁度、気持ちいい温かさで……」

彼女はボードにうつぶせに顔をつけると目を閉じた。

「贅沢《ぜいたく》な時間だと思いましたね」

暫《しばら》く、波の音を聞いていた。

パシャと顔に大きく波がかかった。

見るとかなり岸から離れていた。

「ちょっとやばいなと思いましたね」

彼女は自分が流されていることにも気がついた。

「最初のうちはボードを摑んでパチャパチャ戻ろうとしていたんです」

ところが潮は思った以上に早く、彼女を沖へ沖へと運んでいったという。

「こんなはずじゃない。こんなはずじゃない！　ってだんだん怖くなってきて」

運の悪いことに彼女たちがいた浜は監視員が常駐していなかった。

「もうひとつ、堤防を越えた側に彼らはいたんですよね」

懸命に足を掻き続けた。すると痙攣《けいれん》を起こしてしまったのだという。

「いわゆる、こむら返りで」

治すには両腕で一旦《いったん》、痙攣を起こしている足を自分の胸の方にグッと抱き込んで腱《けん》を伸ばす必要があった。しかし、思った以上に波が強くなってきていた。

「もう、ひと掻きごとに波をかぶるような状態でした」

それでも筋肉はナイフで切り込むように深部までガチガチに固まってきた。

……このままじゃ泳げなくなる……溺《おぼ》れる。

その時、初めて彼女は大声で助けを呼んだ。

しかし、岸は遥《はる》か彼方《かなた》になってしまっていた。

彼女はボードから離れないように距離を保ちながら痙攣を治そうと足を掴んだ。

ゾッとするほど冷たい水に触れた。

完全に潮目が変わっている場所だった。

「その時、体をドンと持ち上げるような大きな波がきて」

ボードが思った以上に離れてしまった。彼女は必死になって追いかけたが、まるで風に引っ張られているかのようにボードはぐんぐん距離を開けていく。

ガポッ。

思わぬところから波が襲い、彼女は海水を飲んでしまった。

激しい耳鳴りと頭痛、咳《せき》が止まらない、が、咳《せ》き込むあいだにもう一度、もう一度、そしてもう一度、波をかぶった。

「ぎゃー！　って悲鳴を上げてました。たすけてぇ！　って」

突然、筋肉がぶるぶると震えたと思った途端、ガキッと太股《ふともも》がくの字に固まったまま動かなくなった。慌てて伸ばそうとしたが自分の体なのに全く動かなかった。体が水中で直立できなくなった。水を飲んだ。ごぶ、ごぶ、泳ぐ、飲む、吐く、泳ぐ、飲む、飲む、飲む、泳ぐ、叫ぶ、飲む、飲む、飲む……鼻に水が入ってきた。なにもわからなくなってしまった。

「胸がぎゅーっと絞られるような痛みで目が覚めたんです」

強烈な日差しがあった。中年の男が自分を見つめていた。身を起こした途端に胃の中に入っていた海水を吐き出してしまったという。

小型ボートの上だった。

「あ、ありがとうございます」

すると男は無言で彼女の胸を摑んできた。

「なんですか？　なにするんですか？」

ぐったりと重い体を震わせながら、彼女は叫んだ。

すると男はその言葉が気に入らなかったのか、彼女を持ち上げると押し出すようにして海に突き落とした。
不意に頭から突っ込んだので溺れかけた。
「なんでよ！　なにするのよ！」
と、男は服を脱ぐと、いきなりボートから彼女に向かってダイブした。
ガギャッと厭《いや》な音が顔面で炸裂《さくれつ》した。男の頭が彼女の鼻を直撃した音だった。
半ば失神状態のなかで、両手を振り回した。
と、足が摑まれ、いきなり引きずり込まれた。
抵抗するも力が入らない。男は彼女の足を握ったまま潜水した。
あっという間に水が気管になだれ込んできた。

胸に激痛が走った。
目を開けると、男が大里さんの胸を握っていた。
尋常な力ではなかった。
「もう根こそぎ、もぎ取られるかと思った」
彼女は激痛に絶叫すると手足をばたつかせた。
すると男は立ち上がり、彼女を海中へと蹴《け》り落とした。

「なんでよ！　なんでこんなことするんですか！」

　彼女は泣いて叫んだ。

　ボートに乗せられている間、どこに運ばれたのか岸が見えなかった。

　男は無言で彼女を見つめていた。

「ね。お願いします。ひどいことしないで……。岸に戻してください」

　彼女は波に浮かびながら祈るように手を合わせた。

　男はそれを黙って見ていたが、こっちに来いと手招きした。

「もう殴ったり、沈めたりしないで……」

　男は頷《うなず》いた。

　彼女はボートに近づいた。

　はい上がろうと両手で縁をつかんだ途端、肩の裏――肩胛骨《けんこうこつ》の辺りに抉《えぐ》るような激痛が走った。腕から力が抜け、彼女は再び海中に落ちた。が、痛みは残り、逆に焼けつくように酷《ひど》くなった。激痛のあまり体が硬直して手足を伸ばすことができなかった。

　ボートはそのままゆるゆると進み始めた。

　と、大里さんの体も移動する。

　男の手には太い釣り糸があり、それは大里さんの背面に伸びていた。

「太い釣り針を刺されていたんです」

彼女は釣られたまま移動し、激痛に耐えかね失神した。

気がつくと、見知らぬ浜に捨てられていた。


彼女は交番にふらつく足取りでたどり着き、一部始終を語った。

「パトカーで浜に戻ると、友だちが大騒ぎしてました」

針は抜かれていたが、返しで筋肉にまで傷が達していた。

警察は型通りに調書を取った。

しかし、いまだに犯人が捕まったという連絡はないという。


大里さんはいまでも両手を挙げると背中に痛みが走る。

「海が前ほど好きではなくなりました」

と、呟《つぶや》いた。

# 思いつき

盗聴に関するテレビを見ていた。

なんかこんなことされていたらやだなと思うと怖くなった。

「それで、ふと何気なく怒鳴ってみたんです。〈あんたがずっと盗聴してるのは知ってるんだ！　そろそろ警察がいくから覚悟しろ！〉って」

と、携帯が鳴った。

非通知だった。

『もうしません』

と男の声が聞こえてきた。

# 待っている

「まだ犯人捕まってないんだけど……」

奥山さんはそう言って身をすくめた。

去年の暮れから頻繁に携帯へいたずらメールが来るようになっていた。もちろん拒否するのだが、そうすると相手は新しいアドレスで送ってくる。

「仕事で使ってるメアドなんで、こっちから変更するわけにもいかないんです」

とにかく変なメールが来ると彼女は拒否していた。

するとメールだけではなく直接、電話がかかってくるようにもなった。

「話をするわけじゃないんです。とにかくもうわめいているだけで……」

ただ、わめき声に、たまに混じる言葉が不気味だったという。

「〝俺たちの赤ちゃん〟とか、〝ママは泣いているぞ！〟とか、〝殺すな！　赤ん坊を殺すな〟とか混じっているんです」

もちろん、彼女には全く心当たりのないことだった。

先日、部屋に帰ると、すぐイタ電が入った。

「待ってるよ！　みんな待ってるぞ！」

そういうと男はわめいた。

携帯を切るとどこからか男がのぞいているような気がして怖くなった。

厚いカーテンを引き、シャワーを浴びる準備にかかった。

化粧を落とし、身体を洗い、テレビの前でドライヤーをかけていると、ゾッとした。

背後の箪笥《たんす》の上に顔があるのが画面に映った。

「わぁ！」

思わず振り返ると人形の首だとわかった。近づき、それを取り上げた。

「丁度、人の頭ぐらいの大きさで。たぶん美容室とかで使う物じゃないかと思うんです」

全身に鳥肌がたった。

その瞬間、ハッとして周囲をみた。

押入が細く開いていた。

顔がのぞいていた。

人形の首だった。

首は冷蔵庫の中と上、テレビの裏からもでてきた。

首をこのまま部屋に置くのは嫌だった。かといって今からゴミ捨て場に下りていくのは余計に怖かった。

彼女はベランダへ置いておこうとサッシを開けた。

「そこにはびっしり首が並んでたんです」

全部で首は丁度、三十個あったという。

「これは悪質だね。たいした罪にはならないけれど。お嬢さん、ほんっとうに注意したほうが良いよ」

と、やってきた警官が同情するように告げた。

「Ｐｏｐｔｅｅｎ」二〇〇六年十一月号から二〇〇七年八月号に連載した二十篇と、本書のために書き下ろした十九篇を収録しました。

ハルキ・ホラー文庫 H-ひ 1-13

# 怖《こわ》い人《ひと》❶


著者　平山夢明《ひらやまゆめあき》

2007年7月28日第一刷発行

発行者　大杉明彦

発行所　株式会社角川春樹事務所
〒101-0051東京都千代田区神田神保町3-27 二葉第1ビル

電話　03(3263)5247[編集]　03(3263)5881[営業]

印刷・製本　中央精版印刷株式会社

フォーマット・デザイン　芦澤泰偉＋野津明子

シンボルマーク　西口司郎





ISBN978-4-7584-3301-3 C0193





http://www.kadokawaharuki.co.jp/[営業]
fanmail@kadokawaharuki.co.jp[編集]
ご意見・ご感想をお寄せください。